辽阔板结的夏天

潘志光 / 著

天津出版传媒集团
百花文艺出版社

图书在版编目（CIP）数据

辽阔板结的夏天 / 潘志光著 . -- 天津 : 百花文艺出版社 , 2025. 1. -- ISBN 978-7-5306-8978-3
Ⅰ . I227
中国国家版本馆 CIP 数据核字第 2024X4S633 号

辽阔板结的夏天
LIAOKUO BANJIE DE XIATIAN
潘志光　著

出 版 人：薛印胜
责任编辑：张　雪
特约编辑：王美元
封面设计：璞　间
出版发行：百花文艺出版社
地址：天津市和平区西康路 35 号　　**邮编：**300051
电话传真：+86-22-23332651（发行部）
+86-22-23332656（总编室）
+86-22-23332478（邮购部）
网址：http://www.baihuawenyi.com
印刷：三河市双升印务有限公司
开本：880 毫米 × 1230 毫米　1/32
字数：272 千字
印张：14
版次：2025 年 1 月第 1 版
印次：2025 年 1 月第 1 次印刷
定价：88.00 元

如有印装质量问题,请与三河市双升印务有限公司联系调换
地址:河北省廊坊市三河市杨庄镇杨庄村
电话:15100673332　邮编:065200

豪华落尽见真淳

——序潘志光诗集《辽阔板结的夏天》

林莽 / 文

每当潘志光先生称我为老师时，我总有些不自在，甚至有些忐忑。一是因为潘先生比我年长七岁，再者潘先生是一位温文尔雅、更像先生的儒雅之士。

我因为在《诗刊》工作，刊发过他投给《诗刊》的稿件，有时会对他的作品提出一些修改的想法和建议，每次他都以谦和的心态，认真地思考并修改，他的诚恳和真挚一直令我钦佩。

今年春节过后，我们通电话互致问候，他说他想出版一本诗集，希望我为其写个序言。我同意后，他表示很不好意思，担心我事情多，时间紧，怕打扰我。我曾想过，年龄大了，以后就不再写这类文字了。但潘先生这个请求我是不能推辞的，因为我了解他的作品，喜欢他的那些很有深厚生活感的诗，这些诗歌既有中国传统又具现代写作风格；我了解他的写作历程，也敬重他的为人；作为老朋友，出于对诗的共同热爱，以及同行之间的相互交流，我应该为他写写我的阅读体会和感受。我喜欢他的诗，也喜欢他潇洒大气的书法，欣赏他夫人邵女士酣畅淋漓的草书，他们曾为我组织的“书法写新诗”活动写过很好的作品。去年他们夫妇有过一次双人书法展，还出版了一本厚重大气的书法作品集。

今年春天，宁波文学节召开，我本想抽空到宁海与他相聚，谈谈他这些年的生活和往事。以前，我们总是就诗论诗，很少谈到私人生活与相关的诗歌写作的生活背景，这些是需要坐下来慢慢谈的。但为了不让我旅途劳顿，潘先生专程赶到姚江的会上与我相见。

20 世纪 40 年代初，潘先生生于浙江宁海冠庄村，那里也是国画大师潘天寿的故里，江南的文化之乡养育了他们。潘志光先生中学毕业后考入杭州航空工业学校，后并入浙江机专，之后入伍。在部队时就在《解放军文艺》《人民日报》上发表了诗歌，那是 20 世纪 60 年代中后期，了解当时情况的人都知道，当时要在这样的大刊大报上发表一首诗有多难。青年时代，潘先生就展现了他在诗歌创作上的能力与天赋。部队退役后，他在县委从事文字工作，后来企业家储吉旺先生邀请他到宁波如意公司任《如意报》主编二十多年，一直到前年才退休。

自20世纪60年代潘先生在《人民日报》等刊物发表诗歌作品到现在，他一直坚持诗歌创作并不断学习。熟悉中国当代诗歌的人都知道，中国新诗近几十年发生了很大的变化，潘先生起步于20世纪60年代初，他最初的写作方式与20世纪80年代兴起的“新诗潮”有着很大的不同。有许多与潘先生同一时期起步的诗歌写作者，因为无法适应后来的审美方式而放弃了诗歌的写作，而有一些积极进取者，不言放弃，努力学习，凭自己的能力，一直站在诗歌创作的第一线，为后来者树立了榜样。潘志光先生就属于积极进取者中的一员，他一直是浙江诗人中令大家敬重的一位不断努力前行的诗人。

潘先生写过一篇文章，题目是《跟上队伍》，文中有这样的论述：

> 由于年龄关系，我写诗的起步受到时代的限制，就像我们这代人，那时男的都穿中山装，女的都穿列宁装，所读的诗几乎都是直白式的

“传统诗”…… 上个世纪70年代末80年代初，吹来了现代诗风，我们这些40来岁的诗人面临着考验和选择，是原地踏步，还是跟上队伍，继续前进?……我知道如果原地踏步，诗就会离开我。经过思考，我选择了继续前进，跟上队伍。继续前进，跟上队伍又谈何容易呢？这就像一个人写字，已经定型了，而要改成另一种字体，需要花多少的工夫啊！“传统诗”和“现代诗”的感受方式、想像方式、传达方式都不一样。要继续前进，跟上队伍，必须向年龄挑战，跳出原来的写作模式，突破自己。突破自己，就要学习，否则就跟不上队伍，就会掉队，就会被淘汰。发扬“钉子”精神，读20世纪早期中国新诗，读波特莱尔、马拉美、瓦雷里，读庞德、勃莱，读希尼、毕肖普，读叶赛宁，读米沃什、扎加耶夫斯基和巴列霍等，读中国新时期优秀诗人的诗，从中汲取营养。但又不能全盘西化，力求中外古今的融合。

从这些文字中，我们可以体会到潘先生的感悟、判断、思考和行动。对于一个有把年纪的人，这些努力和自我评判与改变谈何容易。但他做到了，并取得了骄人的成绩。

我到《诗刊》工作时，接到将调到北京作协任专职作家的邹静之转我的潘志光先生的稿件，他说："这诗写得很有特色。"我看过稿件后与静之有同样的感受，就在静之推荐的诗中又加了一首送审，但我并不知道他是个六十岁的老诗人，最后那首诗在《诗刊》"青春方阵"栏目发了出来。这之后，潘志光先生又多次有组诗发在《诗刊》上，有的诗还成了《诗刊》下半月刊的头条。他的诗歌是很有个人特色与辨识度的，比如这首《外面有人走动》：

> 外面有人走动 / 打开门看一看 / 没有人影 / 梨花落着寂寞 // 刚刚躺下 / 外面有人走动 / 外面确实有人走动 / 打开门看一看 / 没有人影 / 竹林摇着半轮山月 // 刚刚躺下 / 又听到外面有人走动 / 外面确确实实有人走动 / 打开门看一看 / 足迹像鸟儿狭长的叫声 / 落满厚厚的一层 // 这是谁呢？/ 我问梨花和竹林 / 山月寂静 / 躲进了云层

这是一首有个人真切体会并与中国传统文化相

融合的优秀短诗。寂静中的感觉，打开门后的发现，“梨花落着寂寞”“竹林摇着半轮山月”“鸟儿狭长的叫声 / 落满厚厚的一层”“我问梨花和竹林 / 山月寂静 / 躲进了云层”中国文化中经典的意象，在这里得到了恰当的应用，但不是一般的套用，而是进行了现代的演化与诗意氛围的再渲染。从竹影摇动的半轮山月，到鸟儿狭长的叫声落满厚厚的一层，它们已经不再是对古典诗句的借用，而是变幻的、动态的，通过通用借代的现代语言方式的再创作。一首清新的、寂静的、有韵味的、有画面感的现代新诗作品，一首很好地融合了中国古典文化和现代汉语语言的短诗通过潘先生的笔，呈现在我们面前。

这样的作品在潘志光的诗歌中并不少见，如：《春天像开场锣鼓露出脸儿》《春夜》《今夜像只陶罐》《水中的一棵芦苇》《肉骨头》，等等。这些都是取材于现实生活的感受和认知，他们的语言都是清晰而现代的。

我为他的组诗写过一段阅读感言，现在读来依旧适用，我将它抄录如下：

第一次读潘志光的诗，我有一种不同于以往

的阅读感，他的诗在看似一般的语言中有一种特殊的意味，这种意味正是我们应该关注的地方。

翻开刊物或诗集，我们时常因找不到感觉而放弃阅读，似曾相识，大同小异的作品太多，许多人都逃不出他人的影子、“流派”或“主义”的制约。即使有一定才气的诗人，往往也因缺少审美个性中的自我发现而失之于平庸。这是当今诗坛上的普遍情况。还有一些作品根本与语言艺术无关，只是一些分行的文字，徒有诗歌的形态。自现代主义兴起至今，无疑拓展了诗歌的形式与表达，它们对以往固定的诗歌形态的反叛，引发了一场重大的诗歌革命。

近一年多来，我读了潘志光的不少作品，他的作品之所以吸引人，并能产生奇特的审美感知，有三点是明确的，一是从形象入手，二是有自己从生活中获得的特别感受，三是语言简朴而稚拙。

他的诗都取材于日常生活，语言细微，情感体验明确，细节与经验相结合，它们让我想到齐白石先生的画评“疏能走马，密不透风”。潘志光的诗是值得一读的。

潘志光先生的这本名为《辽阔板结的夏天》的诗集分为三个组成部分。

第一部分是丰富的乡村生活。有田园中一年四季的风情、乡情、农事、土地和进入细节的生活经历与感受。他用自己的方式书写它们，独特的声音中不乏优秀的诗歌篇章。

第二部分是人生体悟。生活中的许多人与事引发的思考，是对生命、对人间和现实社会生活的呈现、认知与哲思。写得很放松，有些天马行空的味道；有些作品有如童话，有着耐人寻味的感受。这一部分中最后有三首写人的诗，写的是薛老师、沈书记和柔石，写出了怀念，写出了理解，写出了对一个有理想的、为事业献身的文学前辈的颂扬之情。

第三部分是写给一位令人敬重的企业家的。这组诗有八十五首，作者用平实的语言叙写，有些诗应用了象征的手法，语言简洁，内容明快。他不是在写一位企业家的成功与成绩，而是以更接近现实生活的选择，写一个人的生活，写他作为一个现实中的人的平常心和平实的生活与往事。这样的写法是突破了许多报告文学作品和许多模范事迹写作的

目　录

第一辑　独　山

第二辑 看 戏

第三辑　儒　商

第一辑 独山

丁凹村

我的父母都不在了
我的兄弟姐妹也不住在丁凹村
但是，我常去丁凹村走走
丁凹村的每条鹅卵石路上
都有我磨损不了的童年足迹
丁凹村村口的大樟树上挂着我童年的声音
丁凹村村西的大青石旁还晒着
我上小学时偷摘梅子后咬一口酸落了下巴的故事
丁凹村村北的几棵葡萄藤还缠绕着
我和阿详在偷摘葡萄时说的
忘记多带几张嘴巴的那句干枯得像根稻草般的话
丁凹村的小溪有流不走的我的童年的身影
丁凹村里有我熟悉的乡亲
常走进我梦中的
有老支书、丁阿婆、顺福伯、希财叔、三秧婶
和敬财哥、大祥、梦发、小益，土地庙
和七月半的锣鼓声
养我育我的丁凹村，我要常去走走
丁凹村像丛竹子，部分根子扎在我的身体里

独山

独自站着，尽管
一只鸟飞来了，两只鸟飞来了
五只、十只鸟飞来了
群鸟飞翔
翅膀压低了黄昏

你还是独自站着
望着那些愈聚愈多的飞鸟
望着山脚的人家搬走炊烟和狗吠声
守望着空旷
守着寂静

独山
你站在孤独中吗？
后面跟着听话的溪流
后面有荷戈操练日夜的苞谷林
后面跟着青山的队伍
后面跟着一个又一个黄道吉日

春天像开场锣鼓露出脸儿

雪
从竹叶上滑下来
从草垛上滑下来
从老人的目光里滑下来
春天像开场锣鼓露出脸儿

鸟儿的翅膀载着
很大很厚的冬天飞去
老柳树一手托着鸟巢
一手托着带潮气儿的太阳
打工的人进村
棒头挑着棉衣
春天像开场锣鼓露出脸儿

老北风躲在山坳
老北风的根子
被孩子们踩断了
被老母鸡当作青虫吞食了
牛昂着头站在村口
春天像开场锣鼓露出脸儿

外面有人走动

外面有人走动
打开门看一看
没有人影
梨花落着寂寞

刚刚躺下
外面有人走动
外面确实有人走动
打开门看一看
没有人影
竹林摇着半轮山月

刚刚躺下
又听到外面有人走动
外面确确实实有人走动
打开门看一看
足迹像鸟儿狭长的叫声
落满厚厚的一层

这是谁呢？

我问梨花和竹林
山月寂静
躲进了云层

春天踩着农谚来了

春天踩着农谚来了
为收破烂而临时搭的棚棚
迈开步子
不再占春天的地盘
石磨不再转动热气腾腾的岁尾歌
溪中洁净的鹅卵石浮上沉下
山笋天天向上

斜对门从上海来的阿娟姑娘
手持一枝桃花
从山坡上下来，一蹦一跳
沿着自编的嫩绿的小曲
走回奶奶的家里
阿牛轻手轻脚地在草丛中捉蝴蝶
棉衣扔在田埂上

青蛙是手机，呱呱叫个不停
春天只有山上野兔子的尾巴般长
人误地一时，地误人一年
走向田野

网上买来的种子
半信
半疑

春二三月

细雨蒙蒙
细雨蒙蒙
竹笋斜撑江南
牛蹄窝窝里盛着蛙声
牛蹄窝窝里盛着犁铧闪亮的语言
牛蹄窝窝里盛着
路边野花涌来的山歌
牛蹄窝窝里
盛着桃花鲜红的羞涩

牛呵，放大步子向前走
别怕
别怕踩痛春二三月

老母鸡从果园里
衔来一条青虫
和小鸡分食乐趣
鸭子叼着半截发绿的
活蹦活跳的小溪
四处乱跑

谁在褪色的春联上
插了一根柳枝
不远处
红色的轿车载来了
清亮滚圆的笑声
屋檐下的竹箩里
谷子抖掉了潮湿的梦
春的门口旁
大伯栽种的农谚
长出了黄黄的芽尖

细雨蒙蒙，细雨蒙蒙
竹笋斜撑江南

三月

黎明
鸟儿啄碎了我的梦
露珠儿在桃花瓣上
滚来滚去

推窗
只见鸟儿驮着夜色飞去
揉一揉惺忪的眼睛
毛茸茸的太阳
鸟儿衔来了
池塘里的青蛙
吐出潮湿的诗行
老农肩扛板锄
撩起衣襟
揩去一首歌上落着的灰尘
流鼻涕的男孩儿
扎羊角辫的女孩儿
背着书包
踏着嫩绿的三月
嘴里哼着春笋般的歌

牛走过青石拱桥
卧在山脚
牛角上长出两枝红杜鹃

春夜

半夜才睡着的思绪
被雨点敲醒
披衣看见
有人拉着满车的灯光走向田野
伸手插进竹箩
看看谷种在适宜的温度里
有没有微笑
拉一拉蜷伏着的耕绳
抚摸栏圈里卧着的牛
喂一筐鲜嫩的江南
湿漉漉的太阳卧在草垛上
柳枝上挂着春天

春夜很短
短得像枝桃花

春夜的梦

春夜
头碰着枕巾
锄状的梦、犁状的梦
耙状的梦、镰刀状的梦
笠帽状的梦
蓝色的梦、绿色的梦
葵花色的梦
走来
有的梦像父亲的目光
有的梦像母亲的叮咛
有的梦荆棘一样刺手
有的梦新毛巾一样柔软
有的梦比新米饭还香
（冬夜无梦）
春天的田野上
百花把脸举向天空

在菜园的一角
搭个棚子
把有生以来的梦

整整齐齐地堆放起来
梅雨时节
搬到太阳底下晒一晒
抑或背半个太阳
搁在棚子的横梁上
（冬夜无梦）

孩子攀折花枝
老人乘风远去
一堆一堆的梦
不能让野狗踩碎
不能让鸟儿叼走

途中

卧在肩头的太阳滑落
天下起雨
躲在人家的屋檐下
听雨下得很押韵
鲜红的桃花插在诗里
碧绿的柳枝插在诗里
山村浸在诗里
青山浸在诗里
我的伞，想起来了
昨晚遗落在友人的酒杯里

我淋湿的情绪
干了一半
我要去办的事情
倒淋湿了一半

躲在人家的屋檐下
想笑
不敢笑

进山

我们是乡下人的儿女
进山不会用方正的目光看树
只是找个和星期天一样平坦的地方坐下
摆开带来的酒、花生、瓜子、糕饼
和浑圆的话题
我看见一株鸡脚柴
忙在它身边坐下
小阿弟一样拉过来抱在怀里
认真地读了蚂蚁写在枝叶上的心事
蜗牛背着行李沉重地走着
我进一步知道了家的意义
拔来一把草
将落着的不干净的鸟语包着的鸟粪
轻轻揩去

野蜂多嘴
我捡根树枝把这令人讨厌的东西撵远
酒杯晃动淡淡的雾气

我刚爬上山坡

我刚爬上山坡
蓝天倾斜
捡一根松枝支撑
笛音招来好多鸟
月亮像只猫
蜷缩在我身边

东方，一片红霞
又捡一根松枝
支撑倾斜的蓝天
鸟儿划着弧线
大红公鸡站在树枝上

我挤牙膏似的挤出几段歌声
缠在靠近春天的一棵树上

清明

母亲走了
父亲也走了
走向离村子很远的松林
母亲和父亲走时
收起了自己像旧罩衫般柔软的目光
天空飘着雪花
钝刀砍着思绪
沿着弯曲的田埂
踏着春风和春雨
父亲和母亲收起了自己
像旧罩衫般柔软的目光
变作了坟头和坟圈的青草
抑或变作了飘在松林的雾纱
父亲和母亲像旧罩衫般柔软的目光
不会像镰刀般生锈
不会像柴刀般缺口

我站成蜡烛
我跪成驼背的山桃
一枝血红的杜鹃横斜

鸟的嘴里叼着
我沾满露水的梦
和泪珠
飞向带有人情味的白云

古寺钟鸣

真的盖住了一段历史吗

大满的老屋门框上
昨天掉下一块砖
今天掉下两块砖
老屋又向西倾斜了一点
东头露在外面的梁
昨天清晨时还只有四朵蘑菇
今天却有七朵了
时间在发霉
院子里的杂草齐膝高
说不定有长蛇卧在深处
去年清明时
大满带着老婆孩子从城里回来看望老屋
村口陌生的目光碰到陌生的目光
陌生的目光折断了陌生的目光
孩子被陌生的目光围住
推来搡去
孩子哇地哭了
躲进妈妈的身体里还在哭
逆风的小雀飞了一阵，马上调头
大满只是在门外站了站

开着小车
沿着陌生的午间走了

大满的老屋将和土勇他们的老屋一样
会在七月、八月、九月的台风中倒塌
塌得和岁月一样平
盖住了一段历史

真的盖住了一段历史吗？

老妈

老妈不认得我了
也不认得我哥和我妹
老妈也不认得舅舅和姨妈
早上，她拉着我到井边站了站
她指着井里白发散乱的人问我
这是谁?
老妈将麦苗说成松树
将枫树说成蜡烛
将鸡说成羊
将牛说成鸭
我陪着老妈走在冬天
我一直在想
老妈是否就是诗人说的
与世界保持距离
与自己保持距离的人呢?

她的世界在哪里呢?
她的自己在哪里呢?

踏春时遇到的难题

踏着柔软的春天
小溪伴我行走
有一老翁钓鱼
一条鱼
一条鱼
接着又一条鱼
上钩
杜鹃笑红了脸
两三棵叫不上名字的树
不声不响
蛇携着带状的寂寞
走得很远
吃草的牛只是抬了抬头
肥胖的蛙时鸣时停
岩壁里面的鸟倒拍了两下翅膀
表示赞赏

远处的炊烟
一会儿向东
一会儿向西

一会儿直上
几棵竹笋横斜
身边的花瓣指向四面八方
谁家娶亲的鞭炮碎屑漫天飘飞？

我口袋里吃剩的半块面包
捏烫了又放开
放开了又捏烫
春天像十五的月亮般圆
要不要撒入溪中作钓饵？
举棋不定
踏春时遇到了难题
我在岸边徘徊
踩烂了不少小草

打水漂

清风和我站在一起
看了看很宽的河
挑选很薄的石片
（最好是碎瓦和腌过的梦）
角度有点生疏
以乒乓球国手的姿势
用力地削过去

谁说青春
比花枝还短呢?

很静的水面
跳起一簇簇雪白的童趣
青山一晃一晃的

打一次水漂
年轻一岁
再打一次水漂
年轻五岁
打三次水漂

年轻十岁

谁说青春
比花枝还短呢？

奔走着的柳树停下脚步
站在远处的稻草人
走了过来
拍了拍我的肩膀

春天不能再玩丢了

四叔的儿子是个钓鱼迷
远远近近、大大小小的溪流
都认识他
有时，他割一截小溪放在手里
翻来覆去地玩

现在，他日夜独自在房间里玩手机
四叔总是轻一声重一声地说
冬天玩丢了也就算了
春天不能再玩丢了
南山脚下的几块比笠帽大的地
种点青菜、萝卜
种点南瓜、丝瓜、冬瓜、茄子
和几句一代传一代的老话
我们家的生活过得还能有点活色
如果春天玩丢了
我们家的日子就会枯黄
四叔总是轻一声重一声地对儿子说

四叔的儿子有没有听进去

你不知道
我不知道
他自己的耳朵也不知道

早

父亲摘了一篮子带露水的茄子回来
放下沾了草叶子的锄头
坐下来，喝了碗粥，吃了三个馒头
门口走过
斜背着妈妈的叮嘱和书包的小学生

窗外树上的鸟儿不知朗诵着谁的诗
幼儿园的丁老师做了几个扩胸运动后
停下来听着
卖豆腐的三轮车
像洋芋般短促的叫卖声，转了过来
我忙找几个零钱，端着一只大碗走了出去

二嫂和阿芳几个人
昨晚就在群里约好，今早东方有点鱼肚白时
去山坳掰笋
她们几次醒来，夜色还是很浓
良叔几个人带着午饭去钓鱼
想割几截小溪
揉成一把青草塞进鱼篓

时间是团面粉
可切成毛豆荚般短
可拉成吊桶的绳子般长
三早抵一工

田头小憩

妻子送来点心
我顾不得抹掉腿上的泥浆
屁股坐在田埂上
背靠柔软的太阳
花生米、炸豆板、苔糖麦饼
粗瓷大酒碗里
盛满农事——
谷籽儿、秧田、肥料、农药
清明、谷雨、小满、芒种、立秋
像大脚盆里的一堆未洗的衣服

蚂蚁游过一个牛蹄坑坑
一阵阵蛙鸣
燕子连续翻了几个漂亮的筋斗
我大口大口地喝了两碗米酒
推开细雨
推开斜风
推开斜卧在怀里的青山
妻子牵来牛
牵来春天

风风火火
我踩着季节泥泞的足迹

顺便向你透露一个信息——
昨晚，粗粗的蓝图
直到鸡叫头遍才画好
鸡叫三遍后我又改了一遍
立马用糨糊
粘贴在身体里的中心位置
过几天，我将参加村里举行的
麦枝桥周围的土地种植承包权的投标
能不能哼着像时装一样的歌
走上县报的经济版头条
八字还缺一捺

你扶我到稻田中央站一站

春天到了，棉袄甩了
手脚活络了
儿子邀我去旅游
北京、成都、西安、兰州？
南京、桂林、昆明？
我都摇摇头
我说，你连续三天晚饭后开小车
载我去郊区田野上
让我在田埂上站一站
听一听蛙鸣
任镰刀月卧在我的肩上
任横斜的细雨打湿我的目光和衣裳
我脱掉鞋子，脱掉袜子
让我的脚板亲亲泥土
你扶我到稻田中央站一站
让蛙鸣沿着十个脚趾
游进我的身体
住在我的身体里

理枝

星期天和老妈一样起得早
春天果园里的风
跟大壮媳妇一样懒散
吹三五分钟
又停个把小时，吹三五分钟
天空一会儿少云
一会儿多云
我在果园帮父亲给果树理枝
剪不到的枝条
双脚踮起和小木屋屋脊上的
那颗晨星一样高
双脚踮起还是剪不到的枝条
用木钩子拉下来
汗珠在泥土里打转
才有喜悦堆高的秋天
累了，闭闭眼，直直腰，捶捶背，拍拍腿
吸口醉人的空气
看见父亲的修枝剪刀转动着
他周围的果树
我在果园帮父亲给果树理枝

剪掉不守规矩的枝蔓
修剪春天
我的双手像蜜蜂的翅膀不停地动
一股韧劲像长长的木桩
打碎微信群友星期天的
一个坚硬的规矩

鸭子，不能把我的云彩叼去

飘过来了，飘过来了
红的、黄的、蓝的、白的云彩
池塘里
清清的水洗着云彩
绿色的风跑来
把水淋淋的云彩
轻轻地捞起来
晒在田野、果园和山岭

忽然，对面来了一群鸭子
我急忙折下一根柳枝
拦住它们
不能把洗净的云彩叼去
不能把我的蓝天踩碎

追野兔

今天割麦子
风坐在大树的枝杈上
老爸挥起镰刀好像追着燕子般向前割
老妈挥起镰刀好像追着山雀般向前割
我割了一阵
腰酸、背痛、腿疼
总是站着
像地边立着的木桩

突然，窜出一只灰色的野兔
我拿起锄头飞快地追
老爸挥着扁担追
老妈持着草帽堵
坐在树杈上的风也跳下来帮忙

野兔卧在大盆里
双眼怒视我
我却送它枇杷般圆的微笑
晚餐时，老爸说我的闲话
比啤酒的泡沫还多

我不是左耳进去，右耳出来
也不是右耳进去，左耳出来
而是两只耳都没有进去
在哪里呢？
只和兔骨头横七竖八地摊放在桌子上

今天是端午节

河的上游站满了人
河的下游也站满了人
河的上游锣鼓喧天
河的下游也锣鼓喧天
河的上游爆竹炸碎了天空
河的下游爆竹也炸碎了天空
河的上游有拿小红旗的领导
河的下游也有拿小红旗的领导
看来要把这条河抬起来
换一个地方

土平伯张开口
正要飞出的三只麻雀
被冲过来的大团硝烟堵住了嘴巴

打个电话，问一问老县长陶渊明同志

两千多年前的一天
一个携着枯藤色情绪的诗人
在汨罗江划了个伤口
江河溪流
都长出诗歌的植物

每年端午，我们总是带着粽子
伴着河水行走
或多或少
捞来一些湿漉漉的诗句
拎在手里，扛在肩上

今年，自己动手包粽子
裹进友人祈盼的目光
我们以笔和手为桨
划着小船去大江
批量地打捞诗行
没有内容的闪电，我们不去理睬
如有彩虹
我们也会撕几尺系在船头

拣掉诗行上附着的水草
提上一桶一桶的井水
洗去诗行上的泥沙
晒干、熨平、装订
把诗篇交给文联，还是出版社？
打个电话
问一问老县长陶渊明同志

读潘天寿的《耕罢》

牛卧在一棵大树旁
不懂事的蝉一个劲儿地唱
偶尔还喊它、呼它
牛只是偶尔睁一睁眼睛
咀嚼着一种情绪
鸟在树上跳来跳去
啄着蝉声
云朵还是有点善心
它不声不响地走了过来
撑开大伞

火烧火烤的六月
连续半个多月
牛，与我一起
追赶没有人情味的太阳
追赶长着许多脚的季节
左邻右舍都夸我夏收夏种的进度

这段时间
牛累了

确实累了
今晨，杂七杂八的事情一大堆
忘了喂上嫩绿的草
我有点自责
起来，快起来
跟着我走
去山坡那边的青草地
牛却双眼瞪着我
我用手抹了把脸上的汗水
看见牛的肚子里
有一堆像稻草般的怨言

多次问牛，牛不吭声
眼睛总是长时间地瞪着我
我知道牛用花花绿绿的纸包着的心思
牛在盘算着
去市动物园的路如何走

虚惊

砍宽了山路
累了，我坐在大山摆放的石头上打个盹儿
突然听到嘶嘶的声音
睁眼一看
一条锄头柄般粗的五步蛇
摇头晃脑地拖着果园的篱笆
从我身边爬过
我马上捡起一块碎石片
准备扔过去
它却回过头来微笑地看了我一眼
继续肆无忌惮地拖着篱笆下山
我把悬在身体外的心
捏在手里十来分钟
还没摁回去

躺在病床上

躺在病床上，一个梦接着一个梦
犹如秋后挂在篱笆上的丝瓜
晃来荡去
锋利的柴刀曾砍伤过从羊肠小道
走来的清晨
时间像蚜虫吃过的树叶般蜷缩
倒闭多年的锯板厂又站起来
大大咧咧地向我招手
还办起了空中养猪场
白天员工们割着猪草，捣磨饲料
傍晚他们自愿加班
将一车车饲料和猪草运向天空
天上人间，来来去去
门前李树上的几只鸟儿
很专业地看着我的表情

每当醒来，我把一个个梦
整理得有理有条
放在床头橱上

对自己轻声地说
愿今晚做个脚底沾满泥土的好梦

一只饮料空罐子

夜半。一阵风
不知从谁家吹出一只饮料空罐子
哐啷哐啷地滚动着高低的夜
清晨，捡破烂的驼背阿婆
加快了步子
肩上的蛇皮袋增加了一抹微笑
（我有点担心有一天阿婆
也变成饮料空罐子，倒在路边）

但愿年轻的妈妈从早餐店回来
边牵着孩子边听着手机时
孩子没有将吃了两口的包子
和一句油乎乎的嘟囔扔在路上

秋日，我从地上捡起一片枫叶
看看正面，也看看反面

黄昏镜头

小溪捕捉着小鱼、小虾的活泼
池塘里的鸭子争食着晚霞
丝瓜摇曳着篱笆上的轻风
桥畔樟树脚
老人的棋子敲着清闲

落叶也来凑热闹
多嘴多舌
一会儿帮衬二伯扛上古老的火炮
一会儿援手四爷推出长长的战车
有时令人欢喜
有时令人讨厌
真如一把茴香豆
甜中有咸
咸中有甜

一个回收废品的人
蹬着载满沉重生活的三轮车过来
被暮色马虎地裹走

一盏路灯拄着
南面山头上的一轮明月
一盏路灯拄着北面山头上的
一轮明月

酒味的夜
山花味的夜
蛙鸣划破的夜

我这个老人像扇旧门

我这个老人像扇旧门
左上角破了
就钉上一块手掌大的三夹板
右上角破了，就钉上一块
蒲扇大的包装板
门当中欠硬朗
钉上一根像孩子的手臂般粗的木条
门轴坏得厉害时
加几滴油

我这个老人像扇旧门
今天修，明天修
修个不停，不停地修
有一天，我这扇门破得不能再修了
再不能挡风雨了
就把它扔进西山的晚霞

修旧竹椅

家里的几把旧竹椅
隔壁的大明伯戴上老花镜，拿起篾刀
花了两天的工夫全修好了
旧竹椅是被时间用旧的
说不定大明伯的学霸孙子
明天能把我用旧的
一捆捆光阴修得像新的一样
那大小媒体记者都会涌过来
我呢，帮不上忙，只能倒点茶水

鸟儿能否分时段举行音乐会

村子中央有棵大树
每天早晨，上百只鸟儿举行音乐会
有一只鸟的唱声特别悦耳，特别动听
有一只鸟的唱声沙哑雄浑
是不是鸟儿音乐会的领唱？
如果，大家都是九点上班
我一定拉来我的朋友——十级小提琴手胡宇亮
为它们伴奏
愿人们躺在床上
多听一会儿

村子里的人都上班去了
连收购纸板箱的
凹凸不平的叫喊声都没有了
连卖咸鱼、咸泥螺的
咸味的叫喊声都没有了
连卖海苔甜饼、枣糕、老姜糖、番薯糖的
甜味的叫喊声都没有了
墙角的老猫眯着眼睛
与太阳靠在一起打着瞌睡

鸟儿们依旧继续着音乐会
没有听众了
歌声像风一样被浪费了

鸟儿一天中能否分时段举行音乐会?
请你们转告外出的总经理

访友不遇

篱笆里叫不出名字的树
开着一团团雪白雪白的花
没有孩子，没有小花狗
草丛中的山雀嗖地冲向空中
小木屋的竹门紧闭
门旁倚着几捆枝柴和山锄
晒衣杆上的T恤衫滴着水珠
屋顶的电视天线
像陶渊明的不会生锈的诗句
屋后泉水叮叮咚咚地敲打着寂静
老鹰在头上飞
山在白云里移动
梨子碰痛额角
从肩上滚到脚跟的一个个李子
像身边带着一张报纸的编者按
水蜜桃压弯枝条
怪不得三个月前城里碰到你时你说
儿子叫你搬到城里来住
你一个劲地摆手
我拨打手机找你

仿佛白云深处

有急匆匆走来的脚步声

等待

读了几首有点酒气的诗
我坐在河边
等待一辆白色小车
过路的星星倒很多
等到下半夜了
什么车子也没等到
等来的只是几滴冷雨
打着我身体里不作声的嫩柳
孤独的月亮小品似地打着瞌睡
风卧在树杈上睡得好香

我喝了口矿泉水
听到前面有人破锣一样的喉咙
唱着一首流行歌曲走过来
我点起一支烟
听见有脚步声走过来
好像还夹杂着别的声音
揉揉眼睛，什么都没有
过路的星星倒很多
什么车子也没等到

孤独的月亮小品似地打着瞌睡
风卧在树杈上睡得好香
寂静的深度恐怕有
几十公里，甚至更多

过路的星星倒很多
我依旧坐在河边
等待一辆白色小车
云中似有人说
是诗醉了你
还是酒醉了你？

夏夜

夏夜被蚊子咬伤
流——着——血
孩子们在老年协会门前的大院子里
汗淋淋地兜圈子
老鹰抓小鸡的乐趣
引得天上的星星
骑着童话里的大白马奔跑下来
变作一只只小鸡
跟在孩子们的身后
东躲西闪

稍远处的竹林中
似有人读着微笑
读着青春
他们盼着雪花迈着醉醺醺的脚步
抬来大红喜字
一起看着大圆桌上的一个个酒瓶
笑歪了日子
蝉声是桨
划动着夜的船前行

泡在茶杯里的月亮
沉浮，浮沉
老人把夏天挂在椅背上
大蒲扇摇出古铜色的故事
像茉莉花香一样
散发开去
夏夜的味道
有点涩
再品味
甜丝丝的味儿

我的三分地

我在农民医保卡上躺了两个多月
荆棘和杂草
不讲道理地占领了我那三分地的堤埂和地边
触须反复训练着抓卷我整块地的动作
我的身体痉挛着日夜
老妈的泪水打湿了孩子的大块的天真
地里的青菜、葱蒜、豌豆苗
努力和风一起驱赶
可是，招来的只是几声尖锐的鸟鸣和讥笑

我挥动锄头和柴刀
它们喊爹又喊娘
把脚都扔了，把耳朵也扔了，把头也扔了
小偷似的逃离
我在三分地上使用的锄头
不是从街上的农具店买来的
而是用我身上的一块骨头打造的

回家

孩子斜背着书包和时光走进村口
下班回来，静蕾正准备把窗口火红的杜鹃
搬进屋里，忽地她晃了晃花盆轻声说
蝴蝶，你也该回家了
明天，再到我家来玩
石桥畔，两个老人收起棋盘，背起竹椅
夕阳叼着我递给它的一支烟
不紧不慢地走向老窝

垒地

我和夕阳下班了
大地的一团团暑气还没有下班
沾满油漆的工作服
左边的口袋里带着三两信息
右边的口袋里带着二两烧酒
手持一根竹竿
沿着一条常年睡觉的废沟转悠
量一量沟深、沟宽，沟尾的长短
久久地看着，久久地看着
我和身体里的我都笑了
像小时从爸爸的手里接过崭新的玩具
像老板给我加了几百元工资
走在自编的、晃晃悠悠的、带有陈皮味的歌声里

西面搬来石头，东头挑来泥土
从沟底一直垒上来
每天下班后来这里上班
碰到周末还得加把劲儿
将星星摘来，嵌稳石缝……
垒了一个多月

垒出两件蓑衣般大的地儿
我坐下来烟一口，酒两口
久久地看着，久久地看着
像看着多年没有见面的朋友
不时地哼着
自编的、晃晃悠悠的、带有陈皮味的歌

吃上自己种的青菜、萝卜、小葱、大蒜
端起饭碗，打结的眉头解开了

野兔子

走近山坡
看见一只野兔子
与我对视
我追野兔子
野兔子钻进白云里
我停住脚步
野兔子像干渴时的一个西瓜
又出现在我的面前
我的目光捆住了野兔子的脚
捡起一块石头扔过去
大山客气地让出一条路
野兔子闪动在暮色中
我的两只脚变作四只脚
追赶野兔子

我的新衣裳似的梦
被野兔子踩得七零八落
两碗米酒淹没了我的愿望

打豆

木枷和着滚烫的六月一起翻飞
一堆一堆的黄豆
宛如一堆一堆的黄金

一声急过一声的蝉鸣
将夏天叫得更加撩人
额上的汗水流下来
滋润着有点枯萎的农谚

人们坐在树荫下
有节奏地摇动笠帽变作的扇子
喝口泥茶壶里的水

头上悬着糠筛般大的太阳
它的木枷和着滚烫的六月
一起翻飞

能写顺口溜的大伯
眯着眼睛看着打豆的场景
教着口齿不清的小孙子

我把蹦到场外的豆粒和汗珠
一颗一颗地捡起来
不让成熟的夏天少了一个角

捞鱼

牛轭潭本来没有鱼
今年的一场雷雨过后
潭里满是三个手指宽的鱼
口含彩虹游来游去
我们几个十二三岁的孩子
忙拿着脸盆去捞鱼
从东头捞到西头，从南头捞到北头
捞来的却总是几朵落花和三五个夕阳

住在离潭不远的长腿大伯
用破竹篮捞鱼（有几处
还用红的、黄的、白的塑料绳子扎着）
每次捞上来的总是蹦跳的鱼
和他斜看着我们的目光

长腿大伯笑着对我们说
你们这些嘴上没毛的孩子……
回家的路上，我们摸摸头皮
熟悉的风是我们的班主任
它最了解我们

把我们心中的话搬了出来
像贝壳般摆在沙滩上
长腿大伯扔给我们每人几条鱼
和一截小溪的笑声
我们呢，马上向堤上的树枝借来手臂
将两只大拇指举起来夸赞
把长腿大伯顶得半天高

几十年过去了
长腿大伯在另一个世界不知在干什么
长腿大伯送的几条鱼一直在我们的身体里游动

夏日中午

坐在屋檐下
喝着杨梅烧酒
推开逼过来的一团团暑气
和一个个太阳
一眼望去
漫山遍野都是夏天
没有人影，没有鸟影，没有云影
只有池边的柳树上
带着稚气的知了一遍遍地
唱着生了锈的小曲儿
池塘里连个水泡也没有
鱼躲在液体的澄明里面
享受着凉凉的宁静
哦，西山脚似有把闪亮的锄
还在挖沟，锄头举得好高
老妈说，明眼的人一看就知道
这是小兴做样子给他未来的丈人看的
邻居三伯说，这是给站在高畈的
向日葵看的
今天的小兴不是昨天的小兴

一棵小草在变，一棵树在变
我们坐在一句很薄的话里看人
能看清人的真实模样吗？

我在辽阔板结的夏天锄草

东面是火红的太阳
西面也是火红的太阳
南面是火红的太阳，北面也是火红的太阳
头顶还是火红的太阳
身边也是火红的太阳
火红的太阳铺天盖地
辽阔板结的夏天
我在豆地锄草
汗水湿透衬衫，湿透裤腰和目光
湿透了知了的声音
汗水滴湿泥土
为了浇灌两个书包
像大门旁的两丛月季花般高的梦
使劲地让锄头口多流出几个铜板
我在辽阔板结的夏天锄草
我也知道享受
多想坐在朝南的门口
手持酒杯和兰花豆，抑或花生、瓜子
与南风闲聊
也想坐在有空调的棋牌室里

让冰啤酒搀扶着日子行走
为了浇灌两个书包
像大门旁的两丛月季花般高的梦
我在辽阔板结的夏天锄草
我这个做父亲的和锄头一样
没有半句怨言
我在辽阔板结的夏天锄草
使劲地让锄头口多流出几个铜板

阿二

小名叫阿二
大名也叫阿二
（名字被顽儿呼唤得有点破碎）
是握锄头杆的
没有握过枪杆子
没有握过笔杆子
一辈子都是握锄头杆的

一张不能修复的木犁
死时
身边没有一个人
院子里苦楝树上的鸟
读了读简短的悼词
老人倚在草垛般大的回忆中
孩子坐在
竹篱笆外的桃树上
吹着肥皂泡

棺木出门时
没有花圈

没有挽幛
远山的雾
飘过来又飘过去

几块乱石垒的坟包
你睡在里面
冷吗?
热吗?
雪花落满冬天
夏日烤着大山

每次进村
我总要读一读你悬在
老樟树上的
笠帽状的梦

种子蹲在泥土里
有的永远蹲在泥土的老实里

我上高中的儿子每次回来

我都要求他也读一读你悬在
老樟树上的
笠帽状的梦
他总是用我的话
或多或少地涂抹着青春
他的同学
沿着上小学时就懂的一个成语奔跑

洪水过后

洪水的车队嘻嘻哈哈地
载着冰箱、橱柜和猪、羊、鸡走了
村民的头像霜打的鸡冠花
垂在胸膛
溪底裸着大大小小的石头

村支书站在被毁了大半的堤上说
这是老天爷向我们下的战书
这几天大家把肚子里
被洪水浸泡的东西都拿出来晒一晒
把堆在肚子角落里的
破破烂烂的东西都扔了
我们的集体经济虽然还是个半大小人
但发育如考上省少体班的
寿叔的儿子般正常
年终分红
依旧会像小学生识字般
一年比一年多
走路带拖的大炳叔听了后
连小花狗都追不上他

连续三个夜晚
村委会办公室的烟灰堆满了几个纸杯
灯火燃亮了村民的眼睛
村支书说，我们头上的云影
要看不到骄横的野溪再骄横
要让野溪变成家狗般听话
要看到鱼群的踪影
像笠帽、蓑衣般大，游来游去
我们要把头顶的天空装修成一流的水平

村子里竖起了路灯
村民走在路上的头
犹若春天般昂着

她走到离村子很远的寂静中

她走了
她走到离村子很远的
灌木丛的寂静中

她丈夫去广东打工了
她被长舌妇的口水淹死了
刚上学的孩子
再也没人给他递过去书包
和柔软的叮咛
衣服上的纽扣掉了，再也没人
给他缝上同色同样的纽扣
西北风一阵一阵地直往骨头里吹
他再也感受不到冬天的太阳

飞着的鸟儿，再也
看不到她的两股发辫上系着的春风
田埂上的狗尾草上的露珠
再也拍不到她挖笋卖菜的身影
她和她的姐妹们扭动月光
跳佳木斯操的舞姿

村口的大樟树再也看不到了
两岸花是红的
溪水是红的
从乌饭树杈上
走出来的月光很年轻

她的老母亲拄着拐杖
佝偻着身子
携着她女儿小时最喜欢
穿的一件红格子衬衫
日日夜夜地走在溪边
她丈夫用泪水浸湿的目光久久地抚着
从水底浮上来的一条条鲜活的鱼
像抚着自己掉进水里的梦

几个长舌妇的舌头很长
连起来恐怕比村子里胖大宝的
裤带还长

夏天与冬天

夏天是五大三粗的壮汉
冬天也是五大三粗的壮汉
你们有没有底线？
拼命地挤
将丰满的春天挤成干瘦的芦苇
将胖胖的秋天挤成掰收后的苞谷秆

洋芋与蚕豆，有洋芋和蚕豆的身份
谷穗和番薯，有谷穗与番薯的身份

夏天与冬天两个大汉
你们还在挤
想把四个季节挤成两个季节
是吗？
老大爷如果征求我的意见
把蛮横的夏天带走
把大吼大叫的冬天也带走

长长的夏天

白露过了
应该有秋风阵阵追着我
今天，连霜降都过了十二天
我去地里拔几根萝卜
汗水湿透了我的衣服和头发
回家的路上
看见一条长蛇放肆地游向立冬
还是夏天
不过长蛇放肆地游向立冬
它没有半点错误
我们用不着指指点点，说三道四
二嫂在溪里洗衣服
不停地用毛巾擦着脸上的汗水
种植药材的大户大虎叔说
今年，我们一个夏天流掉的汗水
比往年三个夏天
流掉的还要多
连几个山塘都盛满了

西瓜的价钱像上楼梯一路涨

本该鸟儿借簇秋风在岩石上磨利尖喙
四处寻找哪棵树筑个窝的日子

我盼某个团队
用大锯将长长的夏天
锯成两截、三截

赶麻雀

我的记忆还没有干燥
七八岁时
父亲刚把谷子播在春天
我就携着冷饭团
持着竹竿
和稻草人一起驱赶成群的麻雀
赶了，它们又飞来
又赶，又来
耕田的牛，卧在树旁
闭着眼睛靠着香味诱人的午时休息
野花丛中的蝴蝶收拢翅膀
靠着香味诱人的午时休息
我咬一口冷饭团
边喝一口泥茶壶里的水
边和稻草人一起
不停地挥动竹竿

老了，已有好几颗牙齿
掉进日子的深沟
谷子黄熟的季节

一阵子，麻雀就会飞来五六百只
像大块乌云压过来
儿子在私企上班
日和夜，像白米与黑米同锅烧煮
我就带两个面包与矿泉水
还有儿子反复与我讲的
比牛绳还长的话
也没忘记给稻草人
捎上一小瓶自家的番薯烧
让他微醺带劲
我持着竹竿和田里的
东、南、西、北、中五个稻草人一起
驱赶成群的麻雀
赶了，它们又飞来
又赶，又来
木板厂拉锯的声音听得很清楚
不久前，乡里举办拔河比赛的镜头
又一次在眼前闪动

夕阳老人邀我聊天

我微笑婉拒

和五个稻草人一起奔走

驱赶一次又一次压过来的乌云

往事

少年时的一个秋日
镰刀飞快地
割着稻子和喜悦
呀的一声
手指被秋日割破
鲜血染红了半条蚯蚓
染红了一段有点裂痕的清晨

田埂上松弛的树叶没有表情
身旁父亲的目光呼呼直响
抓住一只活蹦乱跳的青蛙
撕下蛙皮包扎我的伤口
阳光打了个结

伤口
像微风一般消失了

多少年过去了
父亲走去离村子很远的松林
但，我的眼睛里

始终跳动着青蛙
倾斜的心
我每走一步
便将一句民谚踩出伤痕

记住你父亲临终时说的话

三年跳槽七次
烂泥田翻石臼
往事像窗外的树枝晃来晃去
你把父亲临终的话
像烟蒂似的扔在路边
结果呢？你像走在独木桥上
挣扎在池塘里的鸡

雪一片一片地飘着
你的嘴巴一遍又一遍地念着
三年跳槽七次
烂泥田翻石臼
你把身子埋在落叶似的叹息中
孩子黏在你的膝前
妻子简单地打发他去门外
把雪人和笑声堆高
往事像窗外的树枝晃来晃去
妻子给你端来
你最喜欢吃的酒酿鸡蛋汤
你只吃了两小口

将它搁在时间的反面
你仍把身子埋在落叶似的叹息中

三年前雨雪裹着的除夕
你的父亲去世了
如果你记住了父亲临终时断断续续地
说了三分零七秒才说出的一句话
（当时，你用手机录音
后又刻成光盘
将它放在清明的缝隙中）
你人生的路上
定会铺着三尺宽的阳光
用不着总是跳槽
不会烂泥田翻石臼
往事像窗外的树枝晃来晃去
身体里的两间老平屋挡不住风雨

泪水漂浮着坚硬的忧愁
我这与泥巴打交道的手
按着疼痛的胸口

往事像眼前的树枝晃来晃去
身体里的野猫一个劲儿地乱撕
我长跪在父母的墓前
一声又一声地捶着胸口问
请父母坐起来听一听
请父母告知我
如今，我怎样才能
把野猫从胸口赶出去？

记住父亲临终时对你说的话
身体里的看家狗眨眼会大起来
守住你宁静的日子

把我的羊绒大衣给菩萨穿

门口的两棵牛腿般大的树
没有一片叶子
枝条颤抖在寒风中
我们总是有求于菩萨
菩萨总是想着我们
我看菩萨穿的衣服很单薄
和夏天时一个样
两天前，大姐将新买的高筒靴
已给菩萨穿上
羞愧逼着我开口说话
师父，我昨天从网上买来的
现在穿着的羊绒大衣
给菩萨穿吧
好吗？
我估摸先头来祈福的乡亲
也曾像我一样提出过
脱下自己的大衣给菩萨穿
你却没有答应
师父，天很冷，菩萨穿得很单薄
你点个头吧

把我的羊绒大衣给菩萨穿

菩萨啊，师父不点头
您自己开个口吧
（我敬献善心，不求回报）

麻雀是大地上的古老的文字

一只只麻雀是大地上的古老的文字
或许比篆书还古老
我连名字都不认识
你也只认得你的姓
研究生学历的儿子读起来都是磕磕绊绊
我那持锄头的父亲倒能读懂
溪里洗着青菜、萝卜的母亲也能读懂
稻禾能读得顺顺畅畅
麦子和油菜花能读得明明白白
矮矮的土豆也能读得一板一眼
父亲的话语像榔头敲打在石板上——
我们吃米饭、麦饼长大的
应该读得如水东流
不然，不光要脸红到脖子
就连走路都将抬不起头来
像只病鸡

过去三个月了还是冬天

冬天，过去三个月了
还是冬天
西北风在田野里游荡
踩着瘦弱的小溪
踩着枯草，踩着树枝的光秃秃
青蛙枕着冬天
麦芒似的烦躁
太阳呢？被荆棘扎住了吗？

老牛和牛犊踩着寒冷
站在岔路口
桥脚的几簇花草
倒长得很春天

冬天，过去三个月了
还是冬天
我坐在颤抖里。冬天
最好能给每人发一个太阳
（不过，坐在空调房里
打着麻将的那类清闲人

可以暂时不发）
西北风
在骨子里吹着口哨
寒鸦叼着雪花

墙角的几棵野藤长得郁郁葱葱
缠在大树上

我不领情

母亲病危的几天
又是雨又是雪
老北风总是缠绕着我的
暗色的情绪旋转
当我从外地匆匆赶回家
车子在村口还没停稳
拎着一袋捆得扎扎实实的怨气
急急忙忙下车
几缕阳光讨好地围着我
母亲走向丛林时
身体里带着阴雨、雪花和忧伤
阳光迟到的讨好
我不领情

关心太阳

两边都是矮墙
前面是菜园的开阔
这里是冬日晒太阳
最好的地方

每个老人的怀里
都抱着一轮太阳
谈着桑麻
谈着媳妇的孝敬
谈着孙子绿色的天真
谈着方圆百里的几个老板的长短
谈着有人从广州带来的消息
谈着有人从国外带来的新闻
谈着网上各种颜色的新闻
脸上的乐趣
像春天里小麦的长势

近几天
刮风、阴天、下雨、下雪
心中惦记着太阳

身体里装满了长长的牵挂

不要刮风
不要阴天，不要雨天
不要雪天
冬日在墙角晒晒太阳
聊聊东聊聊西，聊聊天聊聊地
让滚圆的阳光味的乐趣
在老人的五脏六腑安家

夜晚
从梦中伸出双手
摸摸太阳有没有着凉
有没有被风刮走
有没有被人敲碎
有没有掉进山塘里
有没有被荆棘扎伤
有没有被老鹰叼走

关心太阳

送行

春天像冲出栏圈的牛般奔了过来
人们想起奋战在武汉一线的英勇战士
也想起家乡抗疫中的志愿者
二叔说，防疫时我全家居家隔离
阳光照到我家门口
就像一根根干柴一样被折断
西北风始终在我家前走来走去
我全家还担心不远处的干枯茅草
过些日子
会像恶僧般闯进我家的院子
窗外飞过的乌鸦总好像是黑色的预言

志愿者昨夜又没有睡觉
身上还没掸净寒冷的、多虑的星光
脸上还有夜走过的痕迹
眉上有霜花
双眼布满蛛网般的血丝

清晨就捎来长串暖暖的问候
测温、询问身体状况

还为我家代买菜、买生活用品
二叔还说，九十二岁的老母想吃小时吃过的
邻县手工制作的风味南瓜糖
志愿者走了多家大小超市和街边的小店
终于买到了
甜了老人皱纹很深的梦话

春雨飘洒
不要总认为桃花、柳树听话
如果没有志愿者
或许桃花不红，柳枝不绿
或许春天就不来了

春天像冲出栏圈的牛般奔了过来
鸭子的翅膀拉着小河追逐云彩
今天，志愿者要回到自己的岗位去了
我送点什么呢？
送几句匆匆忙忙从身体里掏出来的
毛毛糙糙的泪水打湿的诗行

麻雀变作了喜鹊

院子里的老梅树上常有一只喜鹊
跳来跳去
啄食着小虫和阳光
三年了，家里没有什么喜事
喜鹊失业了
不知飞到哪里去了
老梅树把自己的思想
像种子般埋进泥土里

村子里的青年想当兵的梦
如果垒起来
定比三层楼还高出半层
七八年来，一直没有人穿上骄傲的军装
有的人哭了
使手机上的很多文字变成咸味
有的人用人情网网住乡武装部部长
还是没有穿上骄傲的军装
大步迈来的九月一日
孙子应征入伍
军帽、军装汹涌着大海的波涛

老练的梅树慌乱地开满红花
一群麻雀飞来
没两分钟，统统变作了喜鹊
飞向亲友和乡亲那里报喜

渡口

早起的鸟儿约我去渡口
我与几个熟人打了招呼
顺便看看他们的货物
打包的衣服、糕点、树雕工艺品
打包的春天和乡愁
寄往的地址是
诗和远方
身后，年轻的叉车搬走了昨天
搬来了今天

我想说两句
芦花出手快
已在江水上写出了我要说的话
还转过头来问我
黑白？彩色？复印几份？
天上几份？人间几份？

搬家

大儿子搬家了
小儿子也搬家了
村里也有人搬家了
二婶和三嫂还剪走了
自家院子里的阳光和月光
我这个老人不愿跟着儿子搬进城里
白天，扛着锄在十多个锅盖般大的果园里
用眼睛和大小果树说长道短
有时，我的脚也会停个半天
看无忧无虑的瓢虫
爬在我的目光中
晚饭时，我的眼睛黏在自酿米酒的酒埕上
晚饭后，让果树撑着夜空
我和家犬一起守望头上
几颗朋友似的老星星
有时想到一批果子丰收在望了
夜半起来又喝一碗米酒，加一把炒花生
咂咂生活的多滋多味
今天，我果园里来了百来个学生
蹲着的小棚屋兴奋得站起来

老师说，每个学生头上走动着一个果园
我用锄头签收夏天秋天交给我的水果
躲在身体里老资格的气管炎
也随落叶远去
有几个老哥说我过的是神仙的日子
长命百岁没有问题
我把哈哈的笑声和山风一起
打包带给你

写给环卫工人的诗

就像读一本好书，会想到作者
就像看一部好戏，会想到演员
就像吃一桌好菜，会想到厨师
此刻，白色的清洁车伴着晨光缓缓地
在机动车车道上清洗路面
此刻，环卫工人师傅已手持大扫把在人行道上
将塑料袋、矿泉水瓶、烟蒂、枯枝、落叶
和废话扫进畚斗
将沾满生活尘土的月亮的碎片
和蹦跳的星星扫进畚斗

有个环卫工人在人行道的树旁看见一口浓痰
她马上放下大扫把
随手从口袋里掏出几张纸巾
蹲下整个身子，用力地擦
把自己当成一块橡皮般用力地擦
把地砖擦得像面镜子
环卫工人采用巡、冲、清、捡、擦、抠
和铲、磨、吹等多种保洁方式
以工匠精神将垃圾分类

绣花般地绣出了一朵花
时间没有像陈皮般在茶杯里沉浮
脚步没有停下
春风公平地吹向住宅小区、城市道路
和农贸市场的每个角落
春风公平地吹向城中村、公共厕所
和建筑工地的每个角落
白色的清洁车伴着晨光缓缓地
在机动车车道上清洗路面
每天早晨，环卫工人师傅递交的答卷
太阳都打上满分

还是一米八的个子

父母给的一米八的个子
年轻时，我走在人群中
高出人家一个头抑或半个头
为了三张嘴巴，矮了一大截
比驼背的三叔只高出一块腐乳
空时，我看着池塘里的鱼虾推拉着云块
土地承包人新买了一辆拖拉机
原来那辆一直蹲在地角
我的灵魂常冒出像夏日芋艿旁的芽尖
清明，肩上的锄头杆
一头挑着供果，一头挑着山路
夜晚，父母走到我的床前
送我一句话
竹子般青春
映山红似的亮堂堂
照亮身体的角角落落
我又找回了那半个丢失了的自己
还是一米八的个子
生活有苦味
自己加点糖
我又高高大大地站在人群中

山脚下有这样一个村子

山脚下有这样一个村子
每年的春天
都比附近的村子
来得晚一个月
每年的冬天，都比
附近的村子多一个月
撒着薄薄的阳光的小路上
走着头上长有一棵草的雄鸡

有人说，不远处的那截大树桩
春天走过时
它绊住了春天的脚步
十二月走过时
它拉住了十二月的衣服
贫血的小草
斜倚在风声中

全村的人扛锄携斧
奔向大树桩
日里砍挖了一个缺口

夜里又长了出来
按下去葫芦
浮上来瓢

人们围着像远处传来的
钟声一样大的树桩
议论的声音
竖起几道篱笆

山风把月亮吹得很远
人们蘸着夜色修锄磨斧
小雨洗净了时间
小雨拉长了夜

老爸明天硬要回家

老爸站在柳烟中半天没说一句话
老爸额上豇豆般粗大的皱纹里
翻动着忧愁
肯定是清清的带有雾气的湖水
拍击了他身体里的黄土高坡
老爸身上刚沾了点江南气息
明天硬要回家
我的不安像春天地里的杂草
眨眼间长了出来
门前塘边的桃花红了我二十次的脸
还没买来像草帽大的一个窝
羊群踩过头顶
我还没将老家和江南的天空拉近半步

读油画——《表妹》

你坐在海边的礁石上已半天多了
没喝口水
也没吃点东西
我知道你家里发生了大事
我和细浪劝说你的话
堆在旁边好高了
你没听进半句
歪斜的发簪快拴不住脑子里
涌动着的暗色的忧伤
你的眼神里总有不耐烦
偶尔说句像秋后苞谷秆般干枯的话语
有时，还摆摆手赶我走

好好，我准备与沉重的暮色一起
乘公交回去
请妈和你朋友圈的月亮
一起来劝你回家
海风急慌慌地跑过来
不知它要和我说点什么

阿火哥

阿火哥近两年的生意做得
像有沙眼洞的锅底，总是亏的
数字
如水沟里的一串小蝌蚪在游动
我请他过来喝酒
酒杯中常浮动着他灰暗的梦
和梅树脚的烂菜叶没什么两样
和篱笆上的一截老木桩没什么两样
他两个小时内说的话
还装不满两颗花生壳
老妈看见阿火哥心里
打着针脚严严实实的、坚固的补丁
近个把月，他来喝酒
老妈总是给他的酒杯里增加一点亮色
从土罐里倒出杞子的星星
和几句冬天时像炭火般暖暖的言语
他酒杯中浮动着的梦
像低调的荸荠或洋芋花
但目光上透着
刚顶开冻土的春笋似的活力

第二辑 看戏

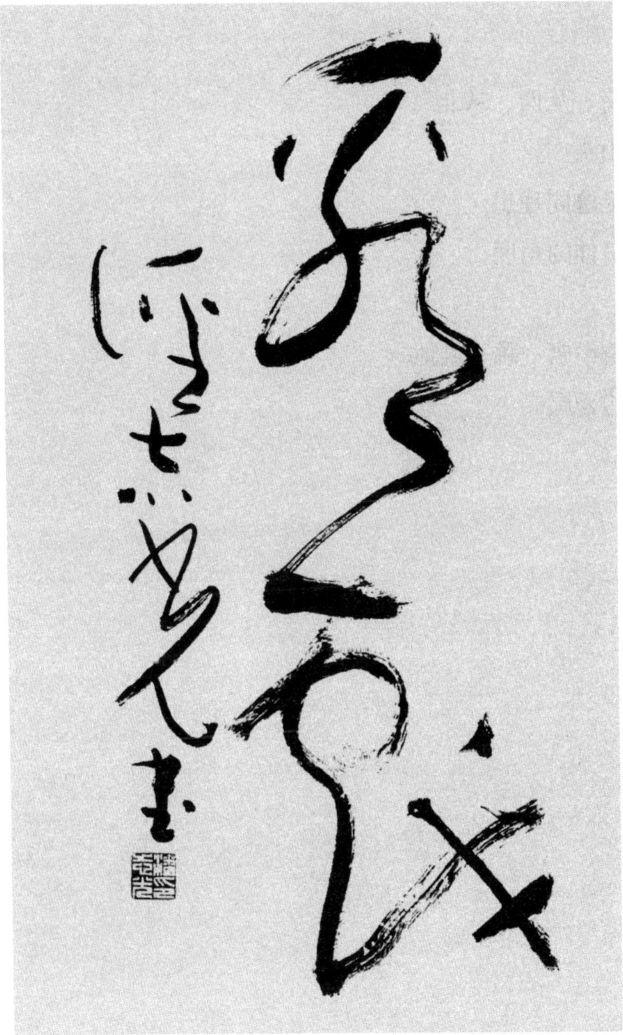

登山的路

登山的路
从东、从南、从西、从北
都能爬到山头
只要我的足迹同理想
构成一个最佳的角度

背后的三角小旗一跳一跳地
推开多言的云层

大山永远醒着

大山睡在宽阔的冬天里
偶尔天空上斜斜飞过两只鸟
大山没有半点反应
大山真的睡着了吗?
你要提着灯盏走进大山的岩石内
去看看大山身体里的动静

冬天是爆竹竞争的日子
一个比一个高，一个比一个好看
春天像小孙子般扑过来
大山忽然长高了几米
满山绿色的声音与蓝天白云对话
大山永远醒着

你看左拐右弯的山径就是它活动着的筋脉
参差的十月
红枫站在高台上目送着
一批又一批的秋天走进村子
待到夜晚，大山睁开眼睛
温暖地看着你探路前进

哦，你还想摸摸大山思想上的弦？
我直率地告诉你
这不是内外表里走一走，转几个圈就能摸准的

更换灵魂配件

眼前飞过一行白鹭
你知道，我也知道
站在我旁边的柳树也知道——从唐朝飞来的
这翅膀飞了一千多年却没有一点磨损
还能飞向远方奔跑的云朵
我年纪轻轻，今天走了十来里路
累得把路边的石头当沙发
累得分不清面前的南瓜藤与冬瓜藤
累得芝麻与苎麻也分不清
夜晚，梦里捋了捋白须的老者
指点我更换灵魂配件
大雪天，捧着心走进后山的青崖中
穿过灯火区
左拐九回浓烈如酒的寂静，右转
十次嶙峋的寂静
走过文字墙
看清长条桌上摊着的带血的名字
梦醒坐起
床上满是星星

笋和二伯他们

探出半个头。外面的风比笋的梦还大
雪花比身边的落叶还大
笋又把头缩回
一个比甲鱼还大的冷字，躲在笋的身子里
拉都拉不出

据消息灵通的人士透露
他在地下宫殿享受贵宾待遇
惊讶了刚冒出古老芽尖的山塘堤上的柳树
大脑袋里装着紧紧密密的智慧的小虫子
惊讶得张开的大口能飞进鹧鸪
老枫树枝上的两只鸟的喊声银针般刺着某个穴位
从不远处的一片竹林里伸过来许多手
按住我满身的嘴巴

春天拿着几枝桃花
在充满奶白雾气的山野走来走去
笋才戴了面具姑娘似的慢吞吞地出来
大声地说
没有参加赶走冬天的团队头都悔扁了

肠子都悔断了，悔得身子满是裂隙

我看见持锄的二伯他们和几株笔直的树一起
夸奖山里人实诚
不会见人讲人话
见鬼讲鬼话
鸟儿悄悄地录了音，四处播放

小溪的白石头上蹲着个小妹子
用板刷反复地洗着两块干净的黑石头

桃子

你的目光在桃子上
缠绕了一圈又一圈
你伸手去摘
摘不着桃子

你跳起来去摘
摘不着桃子
你扛来梯子
还是摘不着桃子
拉车上坡的人
胸膛贴着路

有人劝你捕鱼、捉虾
有人劝你
种植棉花
种植秋天
你的目光还是在桃子上
缠绕了一圈一圈
又一圈

你拿来斧子
砍倒了桃树

伞

山路缠绕柴草
太阳贴在我的背脊
掬一捧山泉的工夫，电闪雷鸣
天空像个破碎的竹罩
我没带伞
大雨把我淋成牛的叹息
青蛙眨着眼睛
云团粘住鸟儿的翅膀

我带着伞，我每天都带着伞
我整整一个月都带着伞
太阳天天贴在我的背脊
我把伞搁在季节的背后

我和儿子聊天

浊水中的两条小鱼

背着半个夕阳赶路
看见两条小鱼
在小水塘的浊水中扑腾
它们的嘴巴一张一张地
说着什么

树上的鸟儿
一声长一声短地提醒
我蹲下身子
伸出大手般毛糙的善意
两条小鱼不领情
藏进了水底

第二天，我路过这个小水塘
看见一条小鱼的肚皮晒白了太阳
另一条小鱼跃过一道坎
跳进清水塘
尾巴甩着半个夕阳

老王和老张

酒桌上的话题像端上来的菜般多
半透明的上等黄酒
老王喝了二斤半
老张喝了二斤半
老王说好像天地在旋转
老张说好像天地在旋转
老王的椅子有靠背
老张的椅子没有靠背
老张倒下了
倒在梦的深处
半透明的上等黄酒
老王在椅背上靠了几分钟
喝了杯水，抽了支烟
和年轻人一起
扶着世界倾斜地行走

老哥啊，你听后张着这么大的嘴巴干吗？
我们还是老老实实地在家门口
做点小生意
世叔的锄头杆捏手处用沙纸磨了又磨

小德昨天种了南瓜、茄子
他把季节抓在手里
今天又去镇上买了几斤黄豆种子

结论一个南，一个北

（一）

我在地里劳作
有几个路人说在我的地角的一棵树上
挂着几片圆兜兜的红叶子
是与秋风搏击获来的奖章
我说，说不定今夜或明天阵风吹来
它们将用爷爷传授的轻功
很本事地跳下去
但过不了几天就会成为秋天的老年斑块
我在地里劳作
有几个路人说我是
现代的陶渊明
我说是我的锄头支撑着歪斜的家

同样一件事
结论为什么一个南
一个北呢？

（二）

夜深了，还是没睡着
窗外的一颗颗星星
像白天邻居串门般走进我的眼睛
想想发生在身边的一件件事情
把一个个问题摆在平台上讨论
答案总像河的堤岸
从不合在一起
道理在哪里呢？
我想了三个晚上
没有想出来
我想了三个月
没有想出来
我想了三年
还是没有想出来

道理在哪里呢？

阳光下的枝柴

枝柴发霉在屋角
连日阴雨绵绵
今日阳光灿烂
将枝柴搬到院子里
老牛路过哞哞地叫了几声
肥叔的心事瘦了
瘦成一把断牙缺齿的镰刀

枝柴像孩子般
快活在阳光中
长出根子，长出绿叶
蓬蓬勃勃
左邻右舍跟着我
搬出发霉在屋角的枝柴
有几个人在说
不能让风左右天空

村子的青春在绿色中
夜晚，村子的青春抬起头
寻找一颗颗星星

牛是阳光的脚

你在杯子里的茶叶上
寻找夜色的担架

牛是阳光的脚

牛走到低洼处
将阳光带到暗黑的低洼处
牛走到高墩处
将阳光带到暗黑的高墩处
牛走在田野
将阳光带到暗黑的田野
牛走在高的高、低的低的日子中
日子流着阳光的声音

你不用在杯子里的茶叶上
寻找夜色的担架
牛是阳光的脚
你走进梦的仓库
发出很胖的惊讶
石桥下的几条小鱼

不断地翻动着平静的河面
划水的鸭子模仿燕子飞翔
不时发出一点声响
牛走来走去
一脚踩出一盏灯笼
挂满半个天空

牛是阳光的脚

牛的行动

牛蹄
踏碎
牢固的夜色

牛，绕了半个村子
没去闻一闻
麦苗碧绿的诱惑
找到了一幢房子
大口大口地
吞吃钢筋，吞吃水泥
吞吃砖块，吞吃瓦片

夜的边缘
塌方

绕在木桩上的牛

一头牛绕在一根木桩上
周围的草吃光了
主人倚着一块云团睡着了
挑担的人
扛锄的人
只是扔过一缕目光

一个身着红背心的孩子
花了半天的时间
始终解不开木桩上的牛绳
几只蚂蚁爬上灯芯草

牛，望着前面走动的牛
望着吃草的羊
望着空中飞着的鸟
落花追逐溪流

牛，一圈一圈地绕着木桩走
牛用头顶着木桩

鸡与黄豆

主人为你搭了个窝
把风和雨收拢，藏在一边
路旁的草丛中
躺着一粒黄豆种子

每天，主人和朝霞一起
为你送上笑脸
黄豆种子苦苦地挣扎
才粘住薄薄的泥土
长出的嫩叶
犹如患病的孩子的面孔

你不再在竹林里
睁大眼睛寻找虫鸣
渐渐死去的树桩
你不再在稻草垛旁
用脚爪拨开稻草
寻找吃的东西

你胖了，你肥了，没有苦味的思绪

主人送来笑脸时
头颈懒得伸长
黄豆苗瘦瘦的目光
像牛拉着石碾转动不停
盼着阳光、雨露的滋润
你眼睛微闭
啄着日子的丰腴

夏东风，井底的石头蹦着大块的脾气
晒死河底的鱼婆和虾兵蟹将
黄豆苗不能枯萎在农谚上
泥土里跳动着青蛙
黄豆苗的根子，扎，扎，扎
扎进六月
扎进七月
扎进酷暑

洁白

立兴回家了
人瘦了，面颊像被刀削去两块肉
头发花白了
背驼了
目光也呆滞了
此时也只有兄嫂弟妹来看他
不像十二年前立兴当市长回家探亲时
白天立兴家挤满了人
晚间四面的小车和大路、小路
都涌进立兴的家
月亮一再推迟下山的时间

立兴在市长任上回家时
益祥伯没有去看他
摇头晃脑地拉着二胡自唱自乐
将家里七老八十的坛坛罐罐
也拉得唱的唱，舞的舞
今儿立兴从狱里出来
益祥伯倒拎着一只老母鸡去看他了
益祥伯说，乡情连着家家户户的门

他递给立兴一支劣质的烟
两支烟灼伤了一个下午的时间

谁在前面灰塌塌的土墙上
搁着一个雪团?

牛变作了马

牛吃着草，吃着稻秆
吃着枯干的番薯藤
吃着无味的时间
牛，翻耕着泥土
牛轭深深地扣进肩膀里
听着主人的吆喝
忍着主人的竹鞭的抽打
踏着季节的节奏

牛，看见前边的马在奔跑
吐着烟尘，吐着云霞
四蹄撒开小鞭炮般的欢乐
马蹄声里红艳了山歌
马蹄声里笑歪了主人的脸

牛看见马吃着麦子、麦麸、黑豆
牛的叫声
拉长了背上驮着的梦
盼望堂兄弟锯掉它的两只角
牛变作了马

吐着阳光
吐着星星
蹄声小鞭炮般地叩响春天

枯木

也曾茂盛过
也曾赢得鸟儿的
上百斤的注目礼

不曾有一丝枯黄的叹息
像一只飞累的雄鹰
休息片刻

骨子很硬
也曾想过，不以
老人七倒八歪的步子
走进灶膛
红一红生活的一个段落
缝补方方正正的梦
埋在土地的心窝里
在又绿江南岸的季节
或许你又以
新的绿色的视角
观察
日、月、江、河

风、雨、雷、电
花、鸟、虫、鱼
牛
狗

酒缸里的酒

你父亲走时
交给你一缸陈年多味的好酒
你每天喝
你每天早中晚喝
酒缸里的酒
已经喝了大半
缸底的花纹
隐约看得见
干枯的民谣
又长出一根根新芽
不知什么声音敲打着夜

你能不能一天只喝一杯?
你能不能隔天只喝一杯?
你能不能十天、半个月只喝一杯?
你能不能过年、过节时
只喝一杯?
不知什么声音
敲打着夜

酒缸里的酒
已经喝了大半

酒缸里的酒
已经喝了大半
地里的南瓜该收了
地里的黄豆该收了
你得摸一摸
自己米甏里的米
还有多少
你得摸一摸自己种下的秋
有多高
有多大
不知什么声音敲打着夜

干枯的民谣
又长出一根根新芽

眼睛

晚间，他练习倒退，一直倒退，一直倒退
晚风想拉住他的手说几句心里话
他像躲债似的甩开了
他一直倒退，一直倒退
结果，掉进深坑
三年了，天天与病床在一起
他说，人的脑后长双眼睛就好了

在人的脑后长双眼睛真的就好了吗？

人生的路上
我长着眼睛，你长着眼睛，他长着眼睛
他跌倒过了，头上是血，缝了九针
膝盖上也是血，肋骨断了三根
你没跌倒过吗？连个趔趄也没有吗？
就业、交友、婚姻、教子、炒股、买房
还有裹挟着沙土的风暴袭来
你没有跌倒过吗？
连个趔趄也没有吗？

在人的脑后长双眼睛真的就好了吗？

三只皮球一起向前滚动

三只皮球一起向前滚动
滚过惊蛰的雷声
滚过油菜花举着金黄诺言的一截路
滚过端午，滚过虫鸣
滚过稻花的芳香，滚进金秋
穿过笑声，穿过欲望，穿过荣誉
绕过灌木丛，绕过山坡，绕过野兽的目光
滚过霜天雪地
滚过一个又一个春夏秋冬
路边长着高高矮矮的诗歌灌木

前面有条很大的沟挡路
三只皮球一起向前滚动
水洼映着变异的云雾

一只皮球滚成篮球般大
一只皮球滚成足球般大
一只皮球滚成乒乓球般大

三只皮球一起向前滚动

在一天下午五点
带着几缕暮色
滚进了一个很大的树洞

一棵野李树

我那三分地的角落
长着一棵野李树
每年七月
满树的李子红了东面的土屋
红了西面山寺的钟声
我一颗都不摘
留给成群结队过路的鸟儿
吃着甜味的喜悦
因我没种过
也没用汗水和目光管理过
有人说我傻
比拖着农时
将夜耕成白天的牛还傻
我说我傻的地方不止一两个
如果收集起来像柴草一样捆好
总有三四把、五六把、七八把
或许大型的拖拉机都装不下

山顶的瓮

牛角山原先有条小路伸向山顶
今年夏天，路全被盛大的柴草
和黝黑结实的防盗措施堵住了
连风也上不去
抬头看见山顶放了只瓮
（估摸瓮里有宝贝）
我和阿弟坐下来边吸烟
边聊各类骗子
聊猪肉、青菜和茭白的价格
也聊到谁在面前的几棵小松树上
挂满了节日的快乐的小灯笼
待我们站起来再看时，瓮不见了
爬上树看，瓮的确不见了
阿弟说，肯定是有人骑着鸟儿上去的
也有可能是骑着穿山甲上去的
我说，去问问山间的花草
或者去问问坐在云端的人

谎言

方的说成圆的
圆的说成三角的
红的说成黑的
黑的说成白的
甜的说成苦的
独柄长木勺
在烧煮的大锅里乱搅

盘曲的谎言
长出了脚
穿上时髦的衣衫
开始行走了
步子
像年轻人一样
走得很快
唱着欢乐的喇叭花不唱了的歌曲
像泥埕子里的酒

盘曲的谎言
长出了翅膀

一个劲儿地飞
逢年过节也不歇停
但，遇见熟悉的目光
谎言就像找到了老窝
下蛋，孵育
一群盘曲的谎言的鸟四处乱飞
黑云压低了屋子
池塘里的鱼伏在水底
月季花花瓣落满院子

你端端正正地坐在微笑上
依旧耕耘着春夏秋冬
盘曲的谎言的鸟
开始掉羽毛了
一根一根地掉
百根千根地掉
窗外的雪地上
躺着黑压压的一片盘曲的谎言的鸟
你端端正正地坐在微笑上

村路两边笔直了银杏树

苍蝇？锅巴？

呀的一声
犹如吊灯砸在地上
打碎了周围很圆的笑声
臂刺青龙的阿四猛地站起来
重重地拍了一下桌子
指着红烧大黄鱼的盆子说
苍蝇，上边有只死苍蝇
餐厅经理三步并作两步地走过来
向盆子看了十分之一秒
忙说这是碎锅巴
边说边用公筷将碎锅巴塞进嘴里
他举起酒杯
然后掺进大把玫瑰红的笑声
敬了一圈
带着一道道目光走了
阿四还呆呆地站着

苍蝇？锅巴？
我身体里的水磨
像麦收时一般不停地转动

一棵乌柏树

一声炸雷
过了半天，山还在颤抖
每到秋日涂红半个天空
给人们送来满箩果子和新闻的
村西牛舌岙那两抱大的乌柏树
被炸得只剩一两根枝丫

多年来，它用带有伤痕的手
依旧涂红秋天
今年夏天，又一个炸雷砸在它的身上
它一天比一天枯了
它将要死了
它一声不吭，直挺挺地站着死

星星点点翻山越岭过来的野花
五天、十天地陪着它
个把月了，还是陪着它
任风如何劝说也不离去

荒草地上的一棵小树

荒草地上
长着一棵指头般粗的树
瓜地里立着一根苞谷秧

一根藤攀着它的身子
爬上去了，两根藤
攀着它的身子爬上去了
三根藤攀着
它的身子爬上去了
好多藤攀着它的身子爬上去了

小草站在朴实中
一天，小树在阵风中倒下了
一群蚂蚁
读着小树白色的沉默

他爬上了一个山头

他在别人的帮助下
爬上了一个山头
尽管这座山很小
但总归是站在了一座山的山顶
一条虫爬向碧绿的日子

他站在山顶
看田野上的玉米和谷穗
和站在田野里
看玉米和谷穗时不一样

他站在山顶
看人扶犁耕地
和自己在田野里
扶犁耕地不一样

他站在山顶
看池边的柳树
和站在门前
看池边的柳树不一样

他不看灌木丛
和沙滩上的鹅卵石
他吐着烟圈
眼睛盯着一棵乔木
眼睛盯着一条小溪
流向天空

你站在田野里
你站在一座小山的山顶

柿子熟了

邻居屋前的三棵柿子树
挂出的果子
如中秋村民大宴时
倒满绍兴老酒的优质玻璃杯
告知了半个村子的阳光和屋旁的溪水
我家屋前的三棵柿子树结的果子
像中了病毒的金橘
六年前，我与邻居兄弟
从同一个农家自媒体买来柿子树苗
和着春风、春雨一起种下

对岸溪边的野菊花
秋风似的笑我手气不好

老父亲在世的时候说过
我们在田野上走动
小虫、青蛙、鸟雀和灌木丛的欲望
常被我们的脚步声踏碎
我们不高兴的时候
就想想挂在天空上的大朵云小朵云

雷阵雨到来之前
常被狂风追得带着灰色的慌乱奔逃

老虎来了（组诗）

老狼

老狼候在山洞里
如意算盘拨得白云像流水般响亮
一天、三天、五天过去了
老狼的口涎缠着时间
洞口插上野花、山草
伪装了散发着血腥气的邪恶

小羊驮着团状的稚气走进山洞
老狼张开和凶残一样大的大口
小羊带着受伤的目光从后门逃走了
老狼将遗憾和碎石拌在一起
把透亮的后门堵成厚厚的黑夜
兽性磨利牙齿

野兔跳着喜悦走进山洞
老狼和凶残一起猛扑过去
野兔的惊恐躲进岩缝里
老狼将大大小小的岩缝堵死

然后用浓浓的懊恼当水泥涂抹三层
竖起的触须沾满兽性

太阳像块柔软的布
擦亮了雾气缭绕的山路
听见洞外的声响
老狼两眼射出绿幽幽的寒光
笑声犹如深秋的树叶
散落一地
持枪的猎人进来了
聪明的老狼
将山洞变成了生命的坟墓

翠竹斜斜地撑着黄昏
山村笑眯眯地走在袅袅的炊烟中

雄鸡的纠纷

雄鸡一再说自己
头上有两只角

雄鸡声嘶力竭地啼叫
啼破了夜色

龙借去你的两只角
四处游荡
你啼了那么多个世纪
谁来理你的纠纷呢？
竹篱劝你不要再啼
茅舍劝你不要再啼
炊烟劝你不要再啼
老梅树劝你不要再啼
修志先生劝你不要再啼
云朵劝你不要再啼
你像倒初夏清洗完咸菜缸的水般
倒出理由

不啼，我的子孙将永远在泥土里觅食
不啼，我的积愤吐不出
我会被大团的积愤堵死
啼，还是要啼的

我的啼声或许会缠断龙的两只角
我的啼声或许会缠断龙的尾巴
树上，鸟儿的头插在翅膀里
正在盘算明天如何多捉几条小虫
喂饱窝里的雏鸟

过路的老牛
说你的眼睛
只看到挂在脖子上的大块情绪
说你的肚子很小
容不下一句大半已经腐烂
而谣传的话

墙角挣扎着长出一棵竹笋
你听不进人家的劝说
只管啼自己的
好像还啼出鲜红的血

老虎来了

牛耕罢地
在山坡上吃着草
乌鸦大叫
老虎来了
大山的峭壁上掉落两三块
紧张的石头
牛还是吃着草
羊抬了抬头
山雀啄食夏天

乌鸦站在牛背上大叫
老虎来了
牛还是吃着草
蜻蜓倒立在山花上

乌鸦站在牛的面前大喊大叫
老虎真的来了
大山走动

涧水拖着破碎的惊吓跑得飞快
云团奔跑
牛还是大口大口地吃着草
羊也大口大口地吃着草
鸭子和云朵一起戏着山塘
主人倚着草帽般圆的梦睡着了

羊的故事

羊的歌声很高很尖
像秋天的田野上
冒出的一棵红枫

上午与水牛比
谁的毛值钱
羊，获得了冠军

耕云、耕雾、耕日、耕夜的水牛啊

下午与马比

谁的角好看
羊，获得了冠军

拉着沉重的昨天的马啊

羊获得的荣誉像竹簟般大
盖着整个院子
可惜被老鼠啃掉一角

水牛提出与羊
比游泳
马提出与羊
比长跑
羊的面孔老练得
像水井里的水
不露声色
鸭群撒了一地各种形状的笑声

羊拖长的声音
像挂在树上的一块破布——

这事嘛，待下一代
抑或下一代的下一代
再议

有几个孩子
在岸边打水漂

今日愚公

你能移掉前面的大山吗？
智叟的话仿佛一块磨刀石
磨亮了愚公的目光
一条干瘪的路飘在云中
麻雀叽叽喳喳的叫声
像风吹树叶响个不停

几个月来，狗吠声粘满的夜晚
愚公在床上翻来覆去
星星在他眼里安家
愚公的身子碾碎了很厚的夜

碾出一条警句——
带着儿孙乔迁

愚公坐在大平原的
一座小别墅里
胡子粘满笑声
子孙们躺在酒杯中
哼着带甜味的流行歌曲
锄头搁在西山的晚霞里

小溪淙淙的话声
像小溪一样长
时高时低
似在评说

塌方的山

离我家不远的地方
有一座大山
早晨八九点钟
大山的一角塌方
压断了牛羊的叫声
压碎了挂在树枝上的
潮湿的梦

中午
大山仍然塌方

有几个人
搬来长长短短的柱子
幻想支撑住大山

下午
大山仍然塌方

一个老人
捡起放在树墩上的心脏

塞进胸膛
眼睛睁得
和古寺的钟声一样圆，说道
这座大山
迟早要塌方
明天
或许塌得像阳光一样平坦
风
吹皱山塘的春水

脊梁骨

很大的沙滩上
爬着一只动物
体态臃肿
没有角
也没有爪子
眯着的眼睛
像女人尖细的声音

有时没有脊梁骨的动物龟似的蜷伏
不发出一点动静
它与细草一起揣摩风向
获取山寺钟声般大的利益
肥胖自己

五岁的男孩儿
在饭桌上用手指蘸着菜汤
写了个工字
顶天立地
掌声像周围之人凝视他的目光

看见桃子鲜红了夏天
口水画着巨幅图画
软体动物想站起来
可是没有脊梁骨

看见梅花香透山坡的寂寞
奢望折一枝梅花
插在炫耀中
软体动物想站起来
可是没有脊梁骨

鱼，切碎大海
因为它有脊梁骨
牛，翻卷着沉睡的冬天
也是因为有脊梁骨
鸟，拽着云彩飞翔
亦是因为有着脊梁骨

有时没有脊梁骨的动物龟似的蜷伏
不发出一点动静

它与细草一起揣摩风向
获取山寺钟声般大的利益
肥胖自己
狗断了脊梁骨
连赚取主人的一根骨头也难

没有脊梁骨的动物
藏有脏棉花样的思想
在软弱的低洼中爬行
路过的蚂蚁
向它投去鄙夷的目光
走出十几步后
还回过头来
向它吐了口水
然后，向很男人的松树走过去

摆布

水稻和小麦种在一起
橘树和野藤种在一起

牛同鸟养在一起
鱼同鸡养在一起

药片跟碎玻璃放在一起
石臼跟彩电放在一起

冰块与木炭放在一起
星星与咸菜缸放在一起

摆布

夜班

我家门前的老枫树的枝杈上的几颗星星
几十年来，一直是夜班
为我家几代人的生活增添了许多乐趣
祖父和父亲从来没有拎点东西去致谢
我也从来没有拎点东西去致谢
我儿子也没有打算拎点东西去致谢

不久前，我想把我头顶的那片低矮的天空撑高
我办了个南瓜般大的企业
我将招工信息贴在三角坛
并告知要上夜班
半个月来，无人理睬
我把待遇加厚，还是无人理睬
我只好找了几个转弯抹角的亲戚
他们干了三五个晚上都悄悄地走了
屋角还留着半蛇皮袋毛坯般的牢骚
我总在想，我家门前的老枫树的
枝杈上的几颗星星
它们的脑子里装着的是什么呢？

屋后那棵叫不出名字的树

屋后那棵叫不出名字的树
据爷爷胡子上滴落下来的故事碎片说
它多年前跟着洪水流浪而来
绿了又枯，枯了又绿，大多年头半枯半绿
有些年头，甚至不长一片绿叶
记得某一年，春风一吹，郁郁葱葱
像上战场的老兵，精神抖擞

收购破铜烂铁的声音
使劲地缠绕着我的身体
屋后那棵叫不出名字的树
梦中的一天，会想跟在洪水的屁股后面
不务正业、闲逛流浪吗？

我是个闷头闷脑干活的人
没有钻进过树的身体
只是站在高处看了一眼
就哇啦哇啦说人家的坏话

我是个闷头闷脑干活的人

没有一点低矮地看看自己
沿着这样说下去
无遮无拦，什么都能说

看见一把把枝柴想到的

靠着门旁的一把把枝柴
鸟儿在空中盘旋
多次诱骗它们返回大山
经过一夏
它们没有理睬
它们没有散开
依旧整整齐齐地抱在一起
青砖墙般严肃地站着

你有没有注意
年轻人排队请老中医把脉治失眠、头疼、欲望
老年人排队看人形机器人唱歌、跳舞
还有口碑撑着的特色小吃店门前的队伍
排得总不像队伍
时间健壮的门牙紧咬着每个人的面部
总有人嚷嚷吵吵
总有人直摇头，总有人插队
一把把枝柴抱在一起排得整整齐齐
不声不响
多亏大山委派来一根枯藤

不用茂密的语言
只用简易的方法管理着它们

父亲

奶奶多次说
父亲小时从不哭，从不掉泪
就算跌倒了，膝盖出血了
他都自己爬起来
没有泪水
隔壁的阿婆说他命硬

爷爷长年躺在病床上
两条手臂
像他常说的有气无力的两句话
奶奶常年背着药罐
一只脚已跨进了阎王殿

母亲洗衣用肥皂时睁大了眼睛
只在衣领和袖口涂一点目光
家里用电更是睁大了眼睛
电饭煲烧饭改用柴灶和多余的话烧煮

父亲说，屋旁的两棵老枫树将要倒下
我们用柱子顶一顶

鸟儿的翅膀还在
总能找到吃的食物

小壮和他父亲

(一)

小壮是个蛮大的老板
村前的路是他修的
村后的路是他修的
村东、村西的路也是他修的
四条路又宽又直

领着微薄退休金的小壮的父亲
从来不在这四条路上散步
都是在弯弯曲曲的田埂上
由多个夕阳陪着散步
一次被野草绊了一下
倒在田埂下的水沟里
乡亲们把他和几个夕阳拉上来
他住了个把月的院后回家
有人劝他到大路上去散步
他依旧在田埂上散步

(二)

一天，我和大安伯聊天
才知道小壮的父亲那弯弯的人生路
曾被人推下谷底
他身体里的瘀伤没有寂静
而是像大缸里的鱼
时而潜下，时而浮上
更主要的是他身体里的人生的路基已塌方
小壮说，我先在父亲身体的三岔路口
安装一盏高灯
再把他的两个老友请来
花点工夫
把他身体里的弯弯曲曲的路
修得又宽又直

高处的灰尘

营养太好了
时间的两条腿跑得好快
又是春联红了大门的一年
我去山寺祈福
跨进大雄宝殿
地面清爽得像面大镜子
照出眼睛、鼻子和喜悦的情绪
我上前去烧香
我右脚的鞋跟沾上了一团灰尘
师父说他每天清晨打扫
地面还是有灰尘
礼佛后，刚走到门口
旁边佛橱上飘下一抹灰尘
抬头仰望，油漆过的椽子上落下的
灰尘打中了我的额头
打疼了信仰
蚂蚁翻阅着搁在角落的畚斗里的疑惑

橱顶也好，椽子也好
太高了，实在太高了

门外的草木看不见
我一米八的个子，踮起脚尖也看不见
师父知道吗？
高处的灰尘
要请打扫时间的人打扫

归

牛腿岭锄地归来
看见路中央的一堆狗粪
小王想也没想跨过去了
小方跟着跨过去了
小明绕到一边走过去了
良叔停下脚步
用锄把狗粪撬进路边的水稻田里
然后，将锄头在田沟的水里
划来划去，划了几下
米筛般大的夕阳被划成两片
我身体里枯萎了的农谚
有了点生机
小王走到我身边说
良叔不声不响地敲打了我一下
摸摸心里有点像啤酒瓶盖般的凹点

散漫的枣树

当柳树向人们挥手
告知春小伙以大步的姿势走来时
枣树还在很长的梦里
（人家都知道它的底子
曾被牛的叫声伤害过后泪水直滴）
柳枝是丁三爷写的春联
与油菜花一起美了春天的眼睛
当柳树还在努力地绿着秋天时
枣树的歪脑筋像月夜小溪里的蟹的八只脚
开始四处爬动

夕阳不像老实的农人
（可能它的贫穷
比我山脚的那块番薯地还大）
整半天没有理性地坐在枣树的枝杈上
亲眷似的
与枣树交谈

桃树、橘树不与它做伙伴
桑树、水杉、香樟、枫树不与它做伙伴

鸭脚树虽有一只伤残的眼睛
也不愿与它站在一起
就连在地上爬着生活的鸡爪草，都懒得抬头看它一眼
鸟儿只是与它聊了几句，便翘了翘尾巴
飞得远远的

枣树凭着老爸
手把手教的技巧
让落叶躺在泥土柔软的床上
醉醉地看着池塘里养着的云彩玩着魔术
说是光荣了
朴树的枝丫
弯成了钩，屏住气钓着被山风和猴子啃过的弯月

我吃饭睡觉都在想，想了三天三夜都没有想出来
中堂的菩萨连水也没喝一口，帮我想了三天三夜
也没有想出来
枣树如此散漫
为什么还能得到夕阳的信任
全仗它有甜味做资本吗？
（很难说，说不定是苦涩生活的诱饵）

老天爷真的有眼睛

田野春天了
溪边春天了
山坡春天了
连座座坟头都春天了
唯独大鼻头阿川的坟头
三四十年不长草
只因他生前的一天
叼着烟般叼着一首小曲路过牛头塘时
看见一个孩子正挣扎着求生
他却依旧叼着烟般
叼着一首小曲向前走

村里有个婆婆点着香跪在地上说
人在做，天在看，诸恶莫作
老天爷真的有眼睛的

剧变

台上演着京剧
大花脸
头晕
倒在用竹竿搭起的台上
老生的脸上
堆满了观众的目光

摸摸青一块紫一块的额角
摸摸红肿的膝盖
睁开眼睛
揉揉眼睛
台上演着越剧

有几个人和几棵树走过来
和我拉扯闲谈

坐在石头上看的
还是坐在石头上看
坐在长板凳上看的
还是坐在长板凳上看

站着看的还是站着看
跨在树杈上看的
还是和大头菜般大的星星一起看
当然也走了一些人
轻声说喜欢吃花生不喜欢嗑瓜子的
几个孩子没看到武生翻筋斗
只好围在油条摊前闻香味
我呢，还是看京剧般看越剧

几股过路的风
山民似的不知争论着什么

夜色

夜色很厚
树走动了几步
又回到原来的位置
我坐下来
听树讲故事
撕一块夜色
做坐垫

夜色有没有薄弱的地方呢?
出口在哪里呢?

树走动了几步
又回到原来的位置
我放好双脚
用一颗没有颜色的
心脏行走
双手扶着
弯曲的微风

蟋蟀

用两根触须
捅开夜色的一个窟窿
树，抢先涌了出去

肉骨头

路上走着三只狗
相互间十分亲昵
篱笆。草垛。小溪
有序地站在自己的位置上

不知是谁
扔过去一块肉骨头
三只狗争抢
三只狗的嘴边流着血

一位高个子男人
持锄冲出大门
三只狗像三片落叶被风吹开
六只血红的眼睛睁得
像黄昏一样大
仍然盯着这块肉骨头
高个子男人飞起一脚
将肉骨头踢进池塘

路上走着三只狗
相互间十分亲昵

晚风

近段时间，闷热得像蹲在油罐里
今天，有阵阵晚风吹来
夹杂着多种情绪的丝瓜叶、南瓜叶和篱笆上的扁豆叶
起先表情干燥
现在快乐着炊烟，快乐着鸟儿的翅膀
水蜜桃熟了季节，三伯知我爱吃，给了我两个
我顺手搁在时间的右面
青蛙跳着雀跃的节奏，跳向立秋
我蹲下来与几棵呆呆地立在路旁的牛尾草攀谈
我不是带刺的覆盆子，话语里不会有带刺的声音
我们是兄弟，长话短说
饭团一个
牛鼻子的绳总是牵在别人的手中
能否握在自己的手里？

问我吗

挖了太阳斜了两竹竿工夫的地
和秋风一起在地埂上坐一坐
看着蟋蟀草的风雨一生
读着它脸上枯黄的低矮的文字
也看了看贴地生活的各种小草
我向它们送上几捧敬意
蟋蟀草它们可以歇息了
不必枕着人家的闲言碎语入睡
问我吗？
我还不能将锄搁到一句年轻的话上
我还得整地，播下种子
看种子明年能否长到身边一丛灌木的肩膀？

上坟的路上

去上坟，山间的小路
像母亲断断续续的、声音很细的遗嘱
灌木丛拐弯处
坍塌的坟中露着几根白骨
我忙用锄头盖上一层泥土和薄薄的悲悯
深山鸟鸣，矮矮的、破碎的孤寂

坟主的后人呢？
年代多了，子孙多了
没人管了
一车的冰块卸在我的身体里
直截了当地寒了心
老妻看见我半天不吭声
她说她昨天整好的
像块瓦片般大的地
被路过的野狗踩了
她说，应该想明白了，年代多了
以后，我们也将面临这样的待遇

回家的路

天黑下来了
大路小路都回家了
我被自己遗失在城郊的城郊
有点起毛的寒意
回家的路，该怎么走？
四周只有几棵不懂事的小树
还有身边的一条小河
头也不抬地洗着带有尘土的星星
有点起毛的寒意
有位瘦高的路人告诉我
应该朝南走
我正向南走时
遇到了驼背的老人
他告诉我应该向西走
有点起毛的寒意
我想起来时的破庙、竹林、大松树
哦，应该向北走
看到一个窗口透出歌声一样的灯火
记得今晨通宝老哥也出门了
此时，不知有没有回家

此时，他有没有迷路呢?
有点起毛的寒意

找根子

大地粗壮的手
均匀地分给我们
春风、春雨和阳光
你和花儿总是笑呵呵的
可是我与三角藤、四叶草
为什么天天愁眉苦脸?
我一直在想
没有找到根子

上月初八的晚上
我邀几个朋友
到小饭店里坐坐
几次酒杯斜对搁在西山上的火罐
一堆堆话语
像螺蛳壳、鸡骨头堆满桌子
还是没有找到根子
像在深潭里抓鱼
连点鱼腥味都没闻到

路边的几棵落满尘土的车前草
是答案吗?

打麻将

前天晚上打麻将
甲与丙两人输了
甲输得有点多
麻将室要关门了
他还坐在凳子上不愿起来
回家时还是墙壁一路扶着他
昨晚打麻将
乙输了
甲大赢，丙也赢了一点
今晚打麻将
甲乙丙丁四人都赢了
谁输了？
窗外的月亮输了
脸孔输得惨白
还流下泪水
屋角金鱼游出玻璃缸
站在门槛上说了两句话

盼

今天是霜降过后的第三天了
秋分前七天落过一场毛毛雨
至今一个多月没有落雨了
种粮大户阿丁天天早晨起来
边仰望天空边说
种豌豆、蚕豆要有点雨水
种麦子也要有点雨水
泥土干燥得像炒米粉
盼老天爷落点雨
承包山地的种橘大户阿祥
天天早晨起来边仰望天空边说
这段时间
是收橘子的黄金日子
盼老天爷天天晴朗
千万别让我用汗水包裹了一年
即将到手的圆圆的期待
浸泡在泥浆中腐烂
骑电动车上班的阿多
遇到下雨天
总要嘟囔几句

老天爷坐在饭桌前
低着头，双眉蹙成两只黑甑
饭量减了一半

锁

透过玻璃窗，看到痴呆老妈呼儿的哭叫声
我在门外转来转去
钥匙落在去地里割青菜时井字形的朝霞的缝隙里？
落在去县城老同学聚餐的故事中？
痴呆老妈呼儿的哭叫声
像夏日天窗爆裂碎玻璃四处乱飞
像碰翻土罐撒开的一地黄豆
我在门外转来转去，额上渗出一层汗水
像儿时我做错了事，父亲骂我的一句话
对面屋脊上蹲着的小狮子，摇摇脑瓜，伸伸尾巴，做做鬼脸
跳来蹦去
对着我一个劲儿地笑

小镇后街那低矮的店面里的开锁老哥骑着电动车来了
我比在雪花飞舞的冬夜
肚子饿得贴在背脊，拖着像断成两截的腿
走在乡野的小路上，看到一盏充满善意的灯时还要高兴
如果，他不来，或者慢吞吞地过一两个小时再来
我会从屋檐下抄起一截木头和一团脾气，破门而入

搭扣锁、阀门锁、智能锁、指纹锁、刷脸锁
名堂多得如春天山脚的野花
看到开锁老哥，仿佛变成一个个听话的小朋友
它们都会乖乖地自动打开
但，他也有开不了的锁
四爷身体里的老仓库的那把锁
他横开竖开、蹲下开、站在小凳子上开、斜着身子开
开了一两个钟头，还是打不开

新竹般年轻的村主任
一眼看去是树木、汽车、房子，欲望
忘记了头顶还挂着笠帽大的天空
他说，像四爷这种情况的
还有吴阿婆、二婶、三伯、土根叔，十几把锁
打开了的意义也只是像堤上的几片柳树叶子飘进溪里
凡是打不开的锁都不开了

风没有停下脚步
埋头赶路，去县城办自己的事情

雪花飘飞

雪花飘飞
有的斜着飘飞
有的上下飘飞
有的横着飘飞，打了个结又飘飞
有的打着旋飘飞
有的还跟着人们走进家里
它们是按老天爷的意图飘飞吗？
从来没有人问过
它们的名字
它们是有名有姓的
就像装扮春天的路边的小草
它们都是有名有姓的
只是没有人俯下身问一句罢了

我的朋友稻草人

开春，稻草人持着竹竿和风雨一起驱赶
秧田上的麻雀
稻子成熟了，麻雀像一座小山般压过来
下班的时间到了。夕阳沿用祖传的习惯
将外套一甩，叼着支烟走了。稻草人还在加班加点地吆喝
（在我身体的抽屉里的劳绩簿上都记着）
收割小憩时，我在田埂上将酒盅高举
邀它同饮
打开心扉，与它说说没有包装过的话。一盅一盅地敬它
让它也有三分醉意
（顺便拍去它身上的尘土
将它衣服的前襟与后背拉拉直）
三九天，我踏着风雪，和小路一起接它回家
尽管我没将稻草人当领导、当长辈、当兄弟
但我把它当朋友

看看天气预报

阳光汹涌的时候
溪水总是邀我去钓鱼
柳树总是邀我去聊天
枇杷树快步走过来邀我去尝新

请帖放在我的案头
青蛙要我去听它买来的崭新的传奇
蜗牛要我去欣赏它刚画好的杰作
麦穗要我去计算它的奉献

飞着骄傲的鸟
踏着朴实的牛
摇着自卑的竹
甚至
竖着嫉妒的狗尾巴草
都要我去写一条花边新闻

阳光汹涌的时候
我的心情像三月一样绿
我的脚步很轻快

总是和阳光一起走东奔西
一只蚂蚁停下来
落叶围着它转动

雨天
我默默地坐着
看着天空上
众多狮子声势浩荡地驱赶着漫天乌云
高了天空，蓝了天空
宽了天空

我走在下坡的路上
问站在旁边的老梅树
明天能阳光汹涌吗？
边问边打开手机查看天气预报
老梅树伸出几十双手
认真地推了我一下
哦哦，我兄弟承包了八百亩桃园
他盼喜雨湿透泥土的笑声

风景点的马

站着一匹金黄色的马
风景点又多了一道
有血有肉的风景
穿西装的、穿夹克的
穿裙子的
一个接一个地骑上去
各种颜色的笑声
各种形状的笑声
定格在照相机里
山涧的青蛙
蹬了蹬腿
游向小溪
一个包装得很洋气的小姐
把孩子扶上马
孩子的屁股上顿时长出荆棘
孩子又是哭又是闹——
我为什么要骑在人家的身上？
孩子急忙跳下来
众多树枝和我一起奔过去
将他托住

寺里的钟声
沿着石板铺的台阶
爬向山头

废井

怎能说是
大地的伤口？
历史的一只瓶子
遗失在这里

石槽、石条、石凳
瘸腿断胳膊的故事

废井里藏着
千百个死去的童话
打上一桶水洗一洗双手
准能编出三本大书
废井摇晃着天空

有孩子跌倒了
哭声溅满泥浆
但不会掉进废井
石板圈栏
挡住人们的忧虑

探亲的老人倚着故乡
用拐杖赶走
几次想把废井叼到远处的鸟儿
废井摇晃着天空

古井

村东有口古井
爷爷的胡子上
系着一个故事
人们耕地收获
井水伴着你哼着山歌
人们捣年糕、打冬米糖
井水伴着你哼着山歌
歌声有时粗犷得
像爷爷魁梧的身体

不知从什么时候起
这口古井变得一声不响
孩子把石头扔进古井
古井没有声音
吊桶掉进古井
古井没有声音
十五的月亮掉进古井
古井没有声音
草梗拨一拨蟹脚
一动也不动

古井睡着了吗?
没有
眼睛睁得很大
看着云起云落

有一条谚语

有一条谚语
大约有一千岁了
历经
唐、宋、元、明、清的风风雨雨
任凭虫咬
任凭鼠啃
任凭狗撕
任凭火烧
仍旧很精神地
挂在老爷爷的胡子上
挂在四五岁娃娃的小嘴上

大旱的六月
路边的小草托着晶亮的微笑
雪花漫卷
竹林中
冒出的一棵棵春笋

有一条谚语
大约有一千岁了

没有半点褪色
仍然像春二三月的
柳枝般碧绿
窗台上搁着一盆万年青

看戏

我这个人笨得如老牛
戏演了半夜
还没看出台上人物的面孔
是红是白
香烟摊上
争吵，真烟假烟的声音盖住残月

铁头老生翻了几十个筋斗
也没把冬天翻过来
我暗暗帮他用劲
拳头握出汗水

花脸、青衣、小丑的唱词
像他们的面孔，经过化妆
叫我怎能看清
他们的真实面目？
白天云层里的是草垛尖儿
还是姑娘的斗笠？

老旦唱得天上的星星

一颗颗掉入塘中沉没
台上的人物
我才像耘田时闭着眼睛
也能分清水稻与稗草一样

孩子的蝴蝶结
映红了火把

半堵低矮的泥墙

每次我回家
都要到半堵低矮的泥墙面前站一站
尽管泥墙的一半早在几十年前
就跟着鸟儿飞了
但我还是会在半堵低矮的泥墙面前站一站
有时一站就是半天
让泥墙在我身体里重新垒起

童年的春天
我不看桃花、梨花、杜鹃花、油菜花、草子花
我左手拿两个小瓶子
右手拿根狗尾草
约个小伙伴
寻找泥墙上的洞孔
将蜜蜂赶进小瓶子
吃饭的时间
常常遗忘在妈妈的叫声中
小瓶子白天携在身边，夜晚放在梦的中央
听它们唱歌
听它们讲无头无尾的故事

这与将萤火虫放进葱管
映亮夏夜的乐趣一个样
都让我竖拇指
低矮的泥墙陪伴我快乐的童年

新造的别墅我不要
新买的车子我不要
让低矮的泥墙在我的身体里重新垒起
让我回到陈旧的童年

我老了

我在山里的阳台岩下搭了间小木屋
买米、买盐、买肉、买菜和买微笑的钱
在铜钱眼里抠了又抠
鸟儿有灵性
它蹲在窗外枫树年轻的树枝上
为我装修移动的梦
它还劝说我，跨过思想的大沟
骑在树杈的翅膀上
跟它一起四处飞翔
我老了
我不想再看见肉骨头周围
瞪着的一双双眼睛
泉水叮叮咚咚，远处山寺的钟声
小猫眯着眼睛，南瓜般躺在屋角
我想过着门边挂着的葫芦般没有负担的
清闲日子

小孙子不认得大碾盘

卧在茅草丛中的大碾盘
城里来的小孙子不认得
他爸爸也不认得
小孙子问爷爷
爷爷告诉他
那时，牛拉着大碾盘
碾黑了白天，碾亮了黑夜
碾出了粗糙的大米
碾出了乱石路般粗糙的生活

爷爷边锄地边说
再过多少个日出日落
孙子的儿子
不认得牛羊
不认得鸡鸭
不认得锄头和春天的面孔
他爸爸接过说
连稻子也不认得了
连稻花香里说丰年里的
青蛙也不认得了

认得什么呢？
只认得面前的世界
或许连自己也不认得了

鸭脚树及同伴

鸭脚树在桃树旁边
恐怕有五六年了吧
学徒三年满师
学了这么多年
还没有掌握开花和结果的本事
那就别学了吧
到哪儿去呢?
天无绝人之路

在桃花旁边学了五六年
还没掌握开花和结果的本事的
还有鸡骨树、扁担树、锅铲树和六叶树
有点多,多得像老人的唾沫
但我不能问责桃树
也许天无绝人之路

老北风和人生观

不见了南瓜花，南瓜花忙呀，给谁家送去了朴素？
不见了山塘荷花，荷花忙呀，给谁家送去了美丽？
狗尾巴草去了哪里？
灯芯草和五叶藤去了哪里？
山野的绿色都去躲猫猫了吗？
牛抬了抬头，旋即认真地啃着没有内容的草
头顶上云朵的巨人般的脚，大步行走的声音
听得清清楚楚
支撑天空的柱子，肯定少了几个
天空很低
天快下雪了
我稚嫩的肩膀
又给住在小棚棚里看山的爷爷送去米和菜
老北风像冰水，直往我的脖子里浇灌
多年后，我才悟到，少年时山路上老北风总是吹我
是吹去我身体里摊晒在竹簟上的人生观里的稗子
我对儿子说，年轻时吃点苦
如果，以后碰到苦日子，眼睛都不用眨一眨

启示

我家养着一只羊
几年来都放在山脚吃草
每天吃得肚子像个冬瓜
两只角上挂着两个夕阳回家

昨天这只羊在山腰走动
看了看它下巴的四根胡须有血
细看周围
茅草丛中野兔的两只眼睛在申诉
它吃了一只野兔
今天，羊卧在山顶的岩石边
它吃了两只野兔和小半个夕阳
冬天了，它的脸上汹涌着春天

多年来，我的身后总是跟着一团寒气
我向东走三里路，寒气跟我走三里路
我向西走五里半路
寒气也跟我走五里半路
我站住，寒气也站住
白云苍狗

今天，我才悟到没像羊走上山坡、山顶
开阔视野

要知道自己有几斤几两

去天灯山云朵里采药
祖传的路总是稳字当头的加法
带着父母干燥的叮咛
天黑出门，天黑回家
近年，有人将路折叠和截取
来回不用一整天
竹子织成布，卖了好价钱

蜻蜓打盹儿
山风歇脚
一日，我也想捡个咸菜缸般大的便宜
在茅草、荆棘的簇拥下
壮举一回
结果呢？嘴巴变成两个
腿变成三条
我的同伴阿牛和门边的岩石
很老成地做着自己的事情
前面山花用力地摇曳着彩色的诱惑
阿牛和门边的岩石
还是很老成地做着自己的事情

吃一堑，长一智

做事要知道自己有几斤几两

我是吊车工

横臂吊车，每天早晨
我把稻草垛丛中的太阳吊起来
顺便也让赶路的蚂蚁搭便车
安放到西山柿子树脚下
时而风小，时而风大
大时让太阳都能颤动很长时间
我在空中工作多年，插在
座椅旁的山花就是喇叭
偶尔很想跟枯色的孤独说说话
很想跟弯腰劳作的人说说话
太阳总是认真地看着我
只是让赶路的蚂蚁搭了两三次便车
当我倚着一棵楝树抽支烟时
它们舞着双手
和几棵年轻的灌木一起孩子般地
亲热地赶过来
绕着我聊了十来分钟
晚饭后，我看了看云彩捶了两下腰
吊起一个月亮、两个月亮、三个月亮

当我的纠结发酵时
想起了父亲常说的一句话——
路，是醒着的路
路边闪动着蝴蝶般多化装过的故事

无题

和几只鸟一起去邻村办事
路不远，走过去就是了
土地庙前看见一只断了腿的青蛙
歇了歇，仍旧携着一截路向前跳动
风踏在树杈上采野果子

跨进家门
摘回一篮带豆的老妈问我
你看见一只断了腿的青蛙吗？
我说，看见了
老妈又问
你看到的只是一只受伤的青蛙吗？
我说，就是一只受伤的青蛙
老妈没再问
只是择带豆时
将多余的话放在一边

不要山路般长的夏天

夏天，就是一个个太阳围着人们转
就是人们在汗水中漂动
村西的阿婆和老平屋旁的上了年纪的枫树
热得中风倒地了
夏天就是把人们放在火上烤
就是把世界放在火上烤
不要鸡肚肠般长的夏天
不要山路般长的夏天
有人准备将夏天收起来放进笼子里

当然，也有人说
不要口袋中没有收获的春天
也有人说，不要
玻璃般易碎的秋天
把春天和秋天卷起来
装进酒瓶里

人的手指有五根
至于有六根的人，另当别论

薛家柱老师

诗友林备军说
听到薛家柱老师去世的消息
他快要哭了
我放下手中的活儿
与没有表情的时间老人
面对面长久地坐着
忍着泪水

那年深秋的一个晚上
我从北京回到杭州
街上只有几片落叶卷着
零零落落的行人的身影和几声车鸣
旅馆的前台像服务台上
放着的一杯冷开水般冷漠
“客满”的牌子将我推了出来
带有寒意的风在弄巷里走来走去
估摸它们不是为了健身
用乡情敲开薛老师的家门
他忙给我倒上一杯热茶
他岳母与夫人忙用西湖味的笑声和棕棚

给我在客厅搭床
他与我谈散文、诗歌、家乡文友
谈诗歌的泥土气
好像还谈到诗歌的装修问题
好像还谈到方孝孺、柔石、潘天寿
薛老师在攀登
期间还转过头来伸手拉了家乡文友一把
那天晚上我没睡好
窗外过路的风步子都好快
想必都很年轻

薛老师，你走了吗？
你真的走了吗？
我忍着泪水
在身体里支起一口大锅
和家乡的文友们一起
将冷饭一般的往事
放在锅子里稍稍加热
重新咀嚼，反复回味

想念老书记沈向权

老书记，我们看见你了
看见你穿着解放鞋
看见你的裤脚管一只高一只低，在田埂上
坐下来，和几个农民兄弟一起
把谷雨、芒种、立秋、霜降、立冬抓在一起
谷子般摊在手掌中
几句带有泥土味的话，引走台风留在人们身体中的积水
种植计划抹上阳光。午饭时，和农民兄弟一起
很农民地啃吃麦饼，喝几口泥茶壶里的凉开水
大家仿佛看到天边涌来稻菽飘香千重浪
笑声犹如不远处飞过来的柳叶

老书记，我们看见你了，看见你在工厂的车间里
和工人一起抬铁水、抬铸件和大红的生产任务
垃圾堆里，你捡回几枚螺丝钉
吹去沾在上面的尘土和古铜色的谚语
用手掌大的旧报纸包好，交给仓库保管员
食堂简陋的饭桌上，和工人成了朋友
话题很多，多得像他们的工服上的星星点点的油迹
天空灰蒙蒙的，看不出窗外

大山黑黢黢的轮廓
谈到明天的天气预报，你的脸上浮起笑容
风会透明，雨会滋润爬上篱笆的丝瓜

老书记，我们看见你了，钢筋，你批；水泥，你批；木材也是你批
水果摊般名目繁多的经费，你批
双轨制价格的高低，像双轨之间的空间
你手持大笔，胸中自有丘壑
常站在河边，你的鞋子没潮没湿
山民带给你两斤普通的茶叶
你硬将钱和一串叮咛塞进他的口袋
刚露芽尖的欲望，像夏日芋艿周围长出的小芋苗
统统把它们紧紧地缠绕
鹅卵石路上冒出杂草，忙用水泥嵌入石缝
你一直住在七十平方米的老房子里
身体里没有迷路的蒲公英
几颗星星
像被螺丝钉固定在身体的某几个部位上
扶着光阴的大树都斜撑着西山，它们纹丝不动

老书记，我们看见你了，你退下来了，却还在扶贫
身体装上 10 马力的发动机
犹如当年推着装满恨和爱的独轮车
扶正车头的小红旗和高昂的信念
拨开弥漫的硝烟，穿过身体的高烧
穿过咳嗽，沿着炮火的夹缝
给解放军送饭送弹药
朝北的墙根还有积雪
小屋斜倚蓝天，低矮的门框碰疼了你的头
孩子的父亲病了，呻吟声像屋后的湿漉漉的灌木丛
孩子的母亲上山采草药，摔断了腿
挂在墙上的书包，里面装满了孩子的泪珠
你马上从口袋里掏出几颗带着汗渍的星星
拉着他的手，说要与他结对子
和一年一度的春风一起，送他上大学

一棵苦楝树，高过矮墙，高过屋檐，高过屋顶
你又找到村干部，坐在村口的樟树的脚边
和他们议长议短，讨论怎样使一块贫瘠的土地

长出蓬勃的庄稼
你爬东山，登西岗，南坡北岭都有你的足迹
看见被风吹倒的小树，你扶它起来
岩石上飘落着的树籽儿，你捡起来撒进泥土
…………

寻找柔石（组诗）

柔石离开故乡去上海

柔石在故乡
创办宁海中学
他在上课时的
读书声中，插上一段风声、雨声
国事、天下事
他铜锣般的声音
像火柴
点燃学生们心中的那股干燥的情绪
讲得激动时
他干脆把领带拿下来
和没有折痕的思考一起放在讲台上

柔石离开故乡去上海
是遇到发霉的旧道德
有了尖锐的想法
还是去上海寻找信仰？
他只知道得马上走
趁现在身体的零件都是一等品

迟了的意义就只有粟米般大了
他把头上的教育局长的帽子
扔进庞大的夜色
柔石离开故乡去上海
他不是在自己的左面或右面出点子
他在自己的上面拿主意
他贴身的衬衫和不上档次的西装和领带知道

柔石离开故乡去上海
师生相送
他老家屋旁的西门大杏树
挽着北面颜公河的柳树相送
河水流得宛若刚学步的娃娃
好慢，好慢

柔石在故乡
创办宁海中学
柔石离开故乡去上海
他把笑容留给故乡

如果……

如果，不是被叛徒告密
你不会在春天般的年纪
走向遍地是沾满泥浆的桃花瓣的龙华
你也会打起背包
和周立波他们一起去参加工作队
你也会坐在田埂上
和农民兄弟谈土地、谈汗水、谈秋天
谈溪中挺立着的溪椤树
你也会坐在土灶前
用一根枝柴拨弄着炭火
和世土叔他们肩挨肩地聊天
聊到窗口有点发白
你将一碗碗阳光分送到
农民兄弟的手里
看到他们的笑容
像黑暗的房间点亮了灯盏

你也会甩掉西装犁地

老农笑歪了头
条条平直的犁沟就是对你的评语
插秧时你的眼镜掉进水里
双手像摸河蚌般摸
摸出农村的工作
带有烤番薯般香味的一条路子

你又会写出很有分量的中短篇小说
你也会像周立波一样写出《暴风骤雨》
你与周立波、赵树理、孙犁和柳青
站在一座山峰上

柔石与鲁迅

鲁迅先生周围的文学青年
多得犹如春天山坡上竹林中的竹笋
先生上街时
你总是搀扶着他
唯恐车轮在他的名字下面
画上一条黑线
你是先生唯一

“敢托他办点私事的人”
夕阳还在与雷神掰手腕时
先生拦都拦不住你
依旧出门帮先生给几个年轻的作者
寄去《语丝》的样刊
和夜行路上的灯盏
撩开雪花
你帮先生给几位老友
寄去新著和一声带有热气的问候
先生咳得厉害
你快步去药店买几粒药片

你戴着手铐
拖着十八斤重的脚镣
合着《国际歌》的节拍
走向广阔黑暗的尽头

灯下，先生点起一支烟写下
“忍看朋辈成新鬼
怒向刀丛觅小诗”

先生用悲愤制成浓缩集束手榴弹
扔向敌人

一代又一代，孙子变作了父亲
鲁迅先生侧过身睁开眼睛
看见有人手拿红笔勾去语文课本中的
《为了忘却的纪念》
他又披衣起来
靠着床头猛吸着烟

借读一本书

他老了，但脑子还是很清醒的
他能讲出几个老友在年轻时的趣事
他想起一个甲子前的暑假的第一天
看见某同学手中有本《柔石小说选集》
为了能早日看到
他一整天都在帮那位同学
在自留地除草、翻地、挖沟
回家时，累得深觉身体已不是自己的了
连家门口的石阶都迈不上去

书拿到了
来不及去井边冲一冲一身的汗水
甚至都没洗把脸
一门心思地钻进选集的字里行间
鸡鸣过一遍了
他还钻在书里
鸡鸣过两遍了
他还钻在书里
狗叫了三五声
寂静像大风吹落屋檐的瓦片
碎成了七八块
鸡鸣三遍了
他才从书里走出来
洗了把脸
扒了两碗饭
再拿了小锅里的两个番薯
扛着锄头
和父亲一起
和太阳一起去生产队干活儿

书中的一个个汉字
稻田沟里游个不停的小鱼小虾

他花了两个晚上
读完了《柔石小说选集》
他不敢读第二遍了
生怕高高的危墙压过来

柔石公园

宁海从西晋建县至今近两千年
若将名人一个个排起来
恐怕要从小南门排到大北门
公园以潘天寿命名
只因他用一支画笔
将冠庄的雷婆头峰摁进宣纸
震撼了画坛
公园以柔石命名
只因他的鲜血染红了龙华的桃花
染红了古城的早春二月
公园里，孩子们在听老师讲故事

孩子们在荡秋千、老鹰抓小鸡
一起拔萝卜
笑声在地上铺满了厚厚的一层
笑声悬在松树、樟树、银杏树的枝条上
晃来荡去
情侣们相互依偎着
轻声谈着五彩的、多种形状的梦

我和两个友人放下手中的书报
望着两朵像牛的云团拱斗的场面
原本，我们和微风懒洋洋地
靠在椅背上
此刻立马坐正
老宋说，他握拳的手
感到有点汗水渗出来
老方说，两头争斗的牛闯进了他的身体
他们站了起来
我说，我们坐下来看

风不紧不慢地吹着

寻找柔石

我手持一枝龙华的桃花
寻找你
你和鲁迅先生凝视着
西北角的红霞
不曾担心湿淋淋的月亮
被蜘蛛网兜在山沟里
你和先生坚守的阵地上
黄花开得活活泼泼

柔石文学社读着《二月》
读着《为奴隶的母亲》
看着罗怀臻编制的甬剧《典妻》
看着马凌姗编制的甬剧《柔石桥》
故乡的鹅卵石路上却没见你的踪影
上海亭子间没见你的踪影
省市领导班子或文化部门
也没见你的踪影
友人为我点起身子里的火把寻找

我手持龙华的一枝桃花
寻找你
很想和年轻人一起
聆听你的教诲
关于左联
关于冬天、春天
关于惊涛骇浪、长城
关于飘动的路
柔石先生
我和我的友人们很茁壮地想
我知道大批九零后、零零后
也在很茁壮地想

溪滩上，一群孩子
收割着阳光
柔石先生
我手持一枝龙华的桃花
寻找你

第三辑　儒商

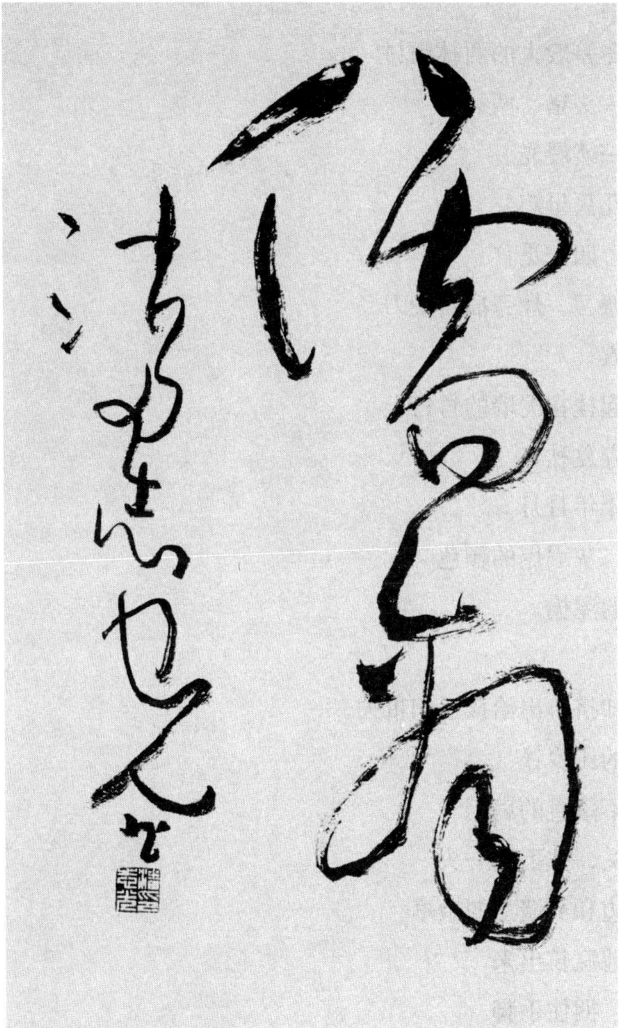

祖辈住在冬笋般大的西林山村

祖辈住在冬笋般大的西林山村
屋角养着一头猪、两只羊
公鸡鸣出一缕晨光
草垛边，几只母鸡
啄碎朝霞，四处觅食
门边挂着镰刀，灶旁插着柴刀
笠帽和蓑衣
同农谚一起挂在泥墙的竹钉上
锄头翻着春夏秋冬
柴担挑着年年月月
日出日落，灰塌塌的颜色
涂抹矮矮的屋檐

过年时，却挤不出给孩子们带去
几个欢乐的压岁钱
日子像根不落直的扁担
挑起这一头，按下那一头
贫穷像路边和颓墙上的杂草
一茬一茬地疯长出来
搓成绳子，捆住手脚

父母亲的喜日

大嫂剪的大红喜字
贴在小屋凹凸不平的墙上
锣鼓敲得大喜的日子一颤一颤

几个讨饭人携着夜色走来
向吉日要点饭吃
做新郎的父亲
又是移桌搬凳
又是搬动脸上的微笑
又是斟酒分糖
酒沾了他的衣服和吉日
糖甜了讨饭人

寒冬时节
树枝早把朝夕相处的叶子
大把大把地扔了
做新郎的父亲，心里想着
不能让大喜的日子
留下一点划痕

伴娘向做新娘的母亲耳语几句
新娘脸上的光彩
像大红灯笼照亮了半个村子
墙角的腊梅唱着歌

老人的胡子上挂着新民谣
三岁孩子的鼻涕上沾着新民谣

三岁的孩子变成白发老人
至今还在传颂
像大红灯笼一样红的故事
还在传颂像腊梅花一样香的故事

两把椅子对调了位置

溪滩的石头翻着身子
让阳光晒一晒
山脚的小草踮起脚跟
抚摸着身边的太阳
荆棘扎不住小羊寻找母羊那咩咩的叫声

你与小伙伴们
跟着秧歌队，跟着腰鼓队
追逐着一个个炸天响的爆竹
有几个十几岁的孩子
站在苦楝树的树杈上
边喊口号
边一个劲儿地挥动着三角小彩旗
你父亲和几个老哥身体中的冰块融化了
满脸弯曲的皱纹如风中的
南瓜藤般翻动着喜悦
他们摸了摸几十年汗水
流在别人的笑声里的猪肝红的锄柄
他们摸了摸总是与肩头说点知心话
大半辈子挑着别人的世界的扁担

（一家人就在锄柄或扁担上
过着瘦瘦的日子）
今日，他们有点野心了
他们盘算着与谁合买一头
昂着春天的大黄牛

解放了，解放了，解放了
两把椅子对调了位置

泪水流湿了童年

你不再蘸着月色磨柴刀了
你不再用很旧的方言的姿势砍柴了
你不再跟着父亲上街卖柴了
你背着书包走向学校
一路哼着春天里的柳枝似的山歌

屋顶堆满被北风吹落的云絮
天上没有飞鸟
你穿着单薄的衣衫
脚丫踏着冬天
你背着书包走向学校
老奶奶坐在锅灶前
用柴火棒拨动寒冬的民谣

年轻力壮的北风用力地吹着
从没有玻璃的窗和门缝
呜呜地钻进教室
你的牙齿冻得打架
矮小的个子
冻得比北风还尖瘦

屋檐下，小鸟的喙插在翅膀里
老师脱下身上的呢制服
和暖暖的慈爱一起
披在你身上
你的泪水涌了出来
流湿了胸前
流湿了整个童年

一天，你在北京的民族饭店
与外商洽谈一笔大生意
正处在胶着的状态
火烧火燎的电话铃声告知你
老师的名字
带着故乡黄昏的风远去了
你忙吩咐夫人和夜色一起
赶制一套上等呢的中山装
裹着你的一句话和泪水
马上送去

一只死了的小鸟

有个小朋友将玩死的
一只小鸟扔在路边
他担心蚂蚁的大部队朝它奔过来
他担心它会被蟑螂的同伙——苍蝇叮咬
他担心它会被野狗叼走
他把它捡起来
用小手梳理它乱糟糟的羽毛
找来半片瓦
挖了个比拳头大的坑
将它埋了
盖上几捧泥土
盖上刚拔来的一些青草
路人的笑声像飘落的树叶
说这个孩子有点傻气
倒垃圾的阿婆说
他妈妈碰到这样的事，会这样做
他爸爸碰到这样的事，也会这样做

与文学相遇（一）

上高中时
著名诗人方牧是你的语文老师
常把你的作文当作范文
在课堂上一字一字地拎起来读
同学们的目光透着羡慕
给你写的《新祥林嫂》
打上九十九分，再加上十分
老师的作文评语是火柴
点燃了你堆在心中的文学干柴
还让你担任柔石文学社社长
干柴上面又加上了一勺一勺的油

与文学相遇（二）

你与文学相遇了
不知你像根藤蔓
还是文学像棵大树
几十年，你与文学总是缠绕在一起

某段时间，风狂雨骤
年夜饭的餐桌上
只有两根手指宽的带鱼
一碗水煮大白菜
仅有三五点油花
没有酒香，没有肉香，没有粽子香
全家人围着暗淡的沉默吃饭

你仍沉浸在文学的世界里
灶膛里的木屑燃不走寒夜
你埋着头，却吃得很香
孩子怪怪地、陌生地看着你

日子过得坑坑洼洼
你没有放下书，也没有放下笔

你与文学，文学与你

树有多高，藤蔓便往上缠绕多高

许司令夸赞你

像冬天田埂上的
乌柏树一样朴实的愿望
站在面前
你的嘴巴笑成一个口字
你的岗位是海军交通艇舵手
不是砀山梨
而是新品种的水果

每当交通艇靠岸
你躺在甲板上
胃里的胆汁，喉咙里的血
争先恐后地往外挤
弄脏了一截长江

每次训练
吐字便在你的身体里急行军
三天、五天，吐
十天、半个月，吐
你干脆将铅桶挂在脖子上
任它翻山倒海，舒舒服服地吐

痛痛快快地吐
眼睛里的水鸟进进出出
不知是谁
总在为你补充勇气

三个月紧握方向盘
转动着太阳，转动着月亮
你驾着几十里长江
像拖拉机在机耕路上来回奔驰
后面跟着欢乐的羊群
你驾着交通艇，开往东海大洋
像骑着马儿奔驰在草原

返航回营时
眼睛里盛满了阳光和歌声
携几朵雪白的浪花
和岸边摘来的野花一起
插在船舶大队的门口
插在战友们的笑声和目光中

南京长江大桥的桥墩像游泳健儿
还没露出脑袋
你迎送大半个世界南来北往
喜悦像花束举过头顶

许世友司令拍着你的肩膀夸赞
坐你的船如同坐在屋里一样
平稳

美人蕉

校园里种着几棵美人蕉
花新鲜着每个日子
袅娜的身姿
吸引了无数过往的目光
和深情的回眸
风很有分寸地吹

花新鲜着每个日子
代课时，你总是帮
烧饭的阿姨用吊桶吊水
吊上一片朝霞又一个太阳
吊上一片晚霞又一个月亮
风很有分寸地吹

亭亭玉立的美人蕉
众多的目光绕着倩影
烧饭阿姨的在外地读书的
漂亮女儿朱爱芬
踩着软软的乡音回来了
花新鲜着每个日子

风很有分寸地吹

花新鲜着每个日子
你用慌乱的目光梳理着她那
被风吹乱的秀发
你用压抑的心跳
试探着与她说话
风很有分寸地吹
她看见你敞开的心灵
像十月的一片枫叶

堤岸的芦苇
看见她一步一步地
披着朝霞走过来
花新鲜着每个日子
你用慌乱的目光注视着她
风很有分寸地吹
溪边的柳树
看见两个年轻人
一步一步地

沐着月光走过来

三月从柳枝上绿起来
从桃花上红起来
花新鲜着每个日子
风很有分寸地吹
大家谈论着种子和泥土
谈论着果实
和秋天的婚事

尽管你的饭碗很粗糙
尽管你在城里没有一个窝
她艳红的面颊
飘出的歌声
叠得一天比一天高
花新鲜着每个日子
风很有分寸地吹
心中的话语
像石头扔进池塘后的波纹
慢慢地漾开

花新鲜着每个日子
风很有分寸地吹
几棵高大的树
像几个贪杯的男子汉
弯着腰，伸着手
讨几杯喜酒喝

花新鲜着每个日子
校园一角的美人蕉
开得比往年更艳丽
不知道美人如蕉
还是蕉如美人
风加劲地吹

一只小小的甲壳虫也想飞

天气，还是很闷热
你放下手中糊着的纸盒
把头伸向窗外
顺着灯光看见晒衣杆上
有一只金黄的甲壳虫
展了展翅膀想飞
翅膀看上去受了点伤
（左翅膀的金斑点
比右翅膀的金斑点少了三个）
没有飞起来，只向前慢慢地爬动
或许，它在等待时机
等待下一刻，再下一刻
你嘴里念叨着
一只小小的甲壳虫也想飞
一只小小的甲壳虫也想飞

送一元钱

清晨，打开大门
伸进来一只乞讨的手
和几缕干柴般的目光
你从口袋里掏出一元钱
霞光照亮了乞讨人灰暗的泪珠

几十年前
三十元工资
像一小捆烧饭的木柴
抽一根，少一根
上班的路上
思绪像自行车的轮子般转个不停

送一元钱
就是打开温暖的春天的一把钥匙？
我要赚点钱
我要赚好多钱
伸出手
拉一把穷困的人，走上春天的路

摆地摊

摆地摊，像在季节交替时
脱下灰色的外套
换上色彩鲜艳的衬衣
你的脸上开着稻花似的微笑
路人目光里的成分
你只当作一根根五颜六色的废弃塑料绳
放在一边
准备为顾客系好一束带有暖意的称心
或者饭碗般圆的满意

潮湿的瓦缝、墙缝、墙根和一些角落
长着簇簇苔藓

洗马铃薯

咸烤马铃薯是你妻子的拿手好戏
烤前，你帮忙把一篮马铃薯洗干净
在井边的石槽里
你挽起衣袖
用手不停地翻动
上翻到下，下翻到上
马铃薯洗得像溪里的鹅卵石般干净
你还在不停地翻动
下翻到上，上翻到下
你笑了
把一句谚语洗得干干净净

男子汉歌

一个男子汉
有男子汉的笑容
不是桃花的笑容
不是梨花的笑容
不是橘花的笑容
不是茉莉花的笑容
不是豌豆花的笑容
不是丝瓜花的笑容
牛拉着天一般大的季节耕田

一个男子汉
有男子汉的笑容
是高山的笑容
是大海的笑容
是乡村和城市的笑容
是历史和时代的笑容
牛拉着天一般大的季节耕田

一个男子汉的肩膀
能扛得起家庭

能扛得起码头
能扛得起山山水水
走路，不是牵着小狗散步
而是牵着老虎散步
牵着雄狮散步
牵着生着獠牙的长风散步
牛拉着天一般大的季节耕田

一个男子汉要摸摸自己
肩膀的厚实程度
像摸着天的高度、地的宽度

扔掉铁饭碗

铁饭碗，好端端的一只铁饭碗
（尽管不是很圆）
捧着，还是扔掉？
穿衣时，第二颗纽扣
扣到了第三颗纽扣的洞眼
吃饭时想夹一块萝卜干
夹来的却是一块咸冬瓜
想去拿笔写几个字
拿来的却是妻子的目光包裹的药瓶

一堵泥墙上
太阳露出半个脸儿
水牛走过水洼
前蹄踩出一个脸盆般大的太阳
后蹄踩出一个脸盆般大的太阳

看了看捧在手中的铁饭碗
吸了口气，屏住
用力地扔出去，扔进落霞

走自己的路

哗哗的溪水冲不走沉浮的月亮

撑起一个工棚

你用口碑借来一点钱
租来三亩洼地
租来三亩青涩的阳光
单纯的风倒也有情有义
每天来走一走
捎个有温度的问候
有时干脆站在你身边
有时撒一把孵了一天的豆芽似的逗号
或耳朵般的问号就走

你用几根毛竹，几捆油毛毡
和妻子的目光
撑起一个工棚
没有气球
没有大红对联映红半边天空
没有爆竹的碎屑粘住掌声
你用诚信借来一点钱

有人说你是孩子办家家
有人说你是用络麻秆建造楼房

有人说你是竹篮打水
你没有工夫听闲言碎语
只管干活儿
看见掉在地上的一截铁丝捡起来
看见掉在地上的一枚铁钉捡起来
口袋里的每一分钱
都当柱作梁

菩萨踏着云雾
挽着远山走过来
默默地祝福

是一说一，是二说二

上班两天，停工三天
没有下锅的米
工厂的胃总是空空的
债务像雨天挑稻草
越挑越重
员工的心像墙倒塌时散开的砖头和沙石
是一说一，是二说二
你身体里住着的几只大雁
也都南飞
身体里落着雪
你半闭眼睛
从心窝九层下的底部
掏出来的还是一把一把年轻的春风

每天完成任务似的吃了晚饭
你带着几片夜色
和几块饼干
走进书报深处
寻找灯盏

认知

从竹篱笆里走出来
从稻草垛边走出来
从井边的吊桶声
和狗的吠声中走出来
很旧的雨
（尽管有点诗意）
打着窗外很旧的暮色
思路被汽车疾驰的高速公路
抬得很陡很高
被动车的铁轨
抬得很陡很高
我不能肩扛耒耜
跟在牛屁股后面哼着小调

足球的世界波
需要和啦啦队一起拧成感叹号
临门一脚

老板

西装革履
你去上班的路上
领带粘着不少人羡慕的目光
半生不熟的人总是老板长老板短地
与你打招呼
任凭皮鞋敲着青石板的回声
给你耐心地解释
越是解释，越是解释不清

产品运到上海码头
数来数去，少了两箱
付不起小工一天一元二角的工钱
你这小个子，自己动手翻上翻下地寻找
把大块沉重的上午翻进中午
把大块沉重的下午翻进夕阳
把世界翻过来倒过去

夜晚躺在小旅馆
浑身的骨头散了架
肚子饿得咕咕直叫

很想吃三碗米饭
几次想爬起来，却爬不起来
喉咙干得似有一只只火鸟飞出来
很想喝口水，却爬不起来

付不起小工一天一元二角的工钱
你这小个子
自己动手翻上翻下
寻找少了的两箱产品
把世界翻过来倒过去
浑身的骨头散了架
一台机器拆开了零部件

今夜像只陶罐

今夜像只陶罐
不是昨夜的那块丝绸
被爆竹烧满了洞洞
严寒和岩石蹲在一起

夜睡着了
偶尔两三声犬吠落在门口
云不动
唯怕夜睡得
像冬眠的青蛙
唯怕夜又延长不醒
老树有没有长出新芽？

几点星光
粘在凹凸的夜
半片残月
坠入我泥土般的梦

溪水潺潺
有人在自己的身上寻找星星

冬天的大青石

低矮的冬天
低矮的冬天压着山脚的大青石
浓霜压着田埂上的枯草
浓霜压着山坡上灌木的秃枝
大青石上没有一点生气
低矮的冬天压着大青石

我俯下身细看
大青石上有半朵枯黄的野花
低矮的冬天压着大青石
大青石上粘着刚熄灭的火
大青石上有条细线般的裂缝

池塘里残荷摇晃不停
一条鱼儿跳起来
划破了紧密的寂静

站在广交会门口张望

你站在广交会门口，伸长脖子张望
像囊中空空的人，不敢迈进钻石级饭店的大门
广交会门前徘徊着你密密匝匝的脚印
像工厂油毛毡棚仓库里堆着的
落满灰尘的卖不出去的产品

老玉米土法做出不成形的馒头请不了客
粗糙的、带皮的南瓜饭上不了宴席
按老样式缝制的布鞋
摆不上大商场的柜台
土窑烧制的生不生、熟不熟的盆盆罐罐
进不了五星级饭店
你站在广交会门口，伸长脖子张望
任风吹乱你的头发
任风羞辱你的思绪

双手搓了搓脸
用双手当梳子
梳了梳被风吹乱的头发
但梳不直一团乱麻似的思绪

你呆呆地望着漂流在珠江的秋阳
看着滚滚的波涛犹如夹杂着
机油味的你的叹息
喉咙差点被身体里的泪水噎住
你站在广交会门口，伸长脖子张望
广交会门前徘徊着你密密匝匝的脚印

后来，你几十次走进广交会
与一百三十多个国家一一握手

水中的一棵芦苇

坐在河边
背靠夕阳
看着水中的一棵芦苇

水波涌过来了
水中的芦苇被压在下面
水波涌过去了
水中的芦苇抖抖水珠
站了起来

更大的水波涌过来了
水中的芦苇又被压在下面
水波涌过去了
水中的芦苇又抖抖水珠
站了起来

夜晚，我在湿漉漉的梦中
看见一棵挺拔的芦苇
将枝叶伸进了太阳

我要走出冬天

春夏秋冬，像四个运动员
站在起跑线上
你面对的是冬天
它第一个冲过来

大雪覆盖着东西南北中
任你一天不吃不睡“把栏杆拍遍”
任你两天不吃不睡“望尽天涯路”
任你三天不吃不睡“把酒问青天”
不知自己脚下的路在何方

小时，走路跌倒了
爸妈马上赶过来
扶起你和你那沾满泥土的乳名
现在，你站在这里几天了
还没看到老天爷的脸

大雪覆盖着东西南北中
你久久地站着，一动也不动
任寒风吹着乱糟糟的思绪

灰蒙蒙的天空
朵朵白云在哪儿?
你站的地方
离冬天的中心只有几里路吗?

雪地里的梅花像人大笑时的面孔
任寒风吹着衣角，吹着裤管
任雪花一片一片地落在身上
你的嘴唇好像在微微地动
念着一棵小草报废了冬天
长出春天

大雪覆盖着东西南北中
突然，你双脚用力地踩着
眨眼的工夫，踩出一块
八仙桌子般大、没有积雪的地方
一股水沿着低洼处
弯弯曲曲地向前流去

大雪覆盖着东西南北中

希望是颗不用钱买的种子
折一根枯枝作拐杖
走！要走出冬天

泥土色的花

我老屋的旁边
春天像老牛一样
还在远方走着时
一棵早春的树
开出泥土色的花

我闭了闭眼睛
多像我泥土色的往事
缀在长有苔藓的枝头
冬天正在收缩尾巴

猎人走过
没有抬头看花
只是理了理猎枪的背带
挑担人走过
没有抬头看花
只是要了碗水喝

竹林里的草垛
呆滞的风吹来

只和小朋友一起
围着树绕着圈子

背对着开满泥土色的花的树
我眺望春天像牛一样走来

金钱观

赤条条地来到这个世界
我不需要金碧辉煌的床榻
我不需要镶嵌钻石的手机
我不需要名牌衣服
我不需要好车
一个个白天和黑夜
就是一篇篇文章
教育我想得明明白白
走时两手空空
带不走一根火柴的火
带不走机床的半声轰鸣
我只要干干净净
我只要简简单单

有人碰到跨不过的岁月的门槛
我要掏腰包
万千人目光支撑的公益事业
我要掏腰包

我只要干干净净
我只要简简单单

邀溪边垂钓人

每天背靠朝霞，面向黄昏
和高大的树木站在一起
苔藓爬满脚板

一声不响
（连咳嗽也没有）
惆怅粘住满脸的络腮胡子
也不用手去抹一把
山风吹乱满脸的忧愁
也不眨一眨眼睛
树叶中漏下一缕虚弱的阳光

你在钓鱼吗？
夕阳在你的眼珠里转动
忧愁像小山似的烟蒂
堆积在身旁的鱼篓边
你在钓自己呆滞的目光
你在钓漂在水面上的
一颗破碎的心

乌鸦啄食溪边的暮色
地上的落叶
不知被风裹向何方

来吧，到我的小屋里坐坐
喝杯老酒
聊上几句
或许会给你一点温暖
帮你打扫一下你心灵中的残雪

有人说他的祖宗是……

办企业还没有几年
在泥泞的小路上行走
常被拖住速度
还是赚了一点钱
他穿得却很朴素
他吃的一日三餐
没有客人时
像三岁孩子说的话般简单
他住的满是皱纹的两间老平房
他的胃病常犯
他说西药副作用大
（事实是舍不得花钱去医院）
只让妻子拔把草药
放在瓦罐里煎熬
加宽村东的路，重建村西的桥
全力擎起村老年协会活动室
和屋脊上一寸寸滑下的夕阳
他拿出大把的钱和微笑
爱说爱笑的谷土婶和海平奶奶
近日都被钱字绊倒

谷土婶的丈夫患了大病
海平奶奶的孙子要上大学
她俩走不过长长的露着兽牙的碎石路
他一句像冬天田野麦苗般碧绿的话
让两人像在梅雨天气里
看见了照进窗口的一缕阳光
村里的老人和过年向长辈讨压岁钱的娃儿
都说他是个大好人
山上小庙的师父像念经一样认真地说
他的祖宗是菩萨的亲戚

你和夫人

你是董事长
夫人是总经理
似手拉车的左右轮子

你俩拉着企业的重车
从小巷出发
起起落落，落落起起
走过一个又一个落日
走过一个又一个朝阳

面对野猕猴桃藤蔓般弯曲
又陡峭的山坡
没有路的地方开出一条路
上不去的地方咬碎牙也要上
两双手一起搬走挡路的岩石
你的脚被碰伤，她边给你揉摸
边送给你一箩筐安慰的话
荆棘划破她的手臂
你忙撕开手帕和天边的云彩
给她包扎成一个心字

野兔学不了谍战片中的 1 号人物
只是躲在灌木丛中调皮地眨眨眼睛

几十年风雨人生路
她不是站在你的身后
而是站在你的身边
风来了，她为你挡风
雨来了，她为你打伞
天气阴冷，为你送上一团火
瘦了心事一百二十斤

篱笆般孩子的梦像毛竹般高长
砍出一条路
走出一条路
你俩拉着企业的重车
汗水翻越山峰
心血翻越山峰

交谈

（一）

有的树光溜溜的
像电线柱子
有的树被花花绿绿的语言包裹
藤缠着树，树撑着藤
躲在鸟叫声里
看不清树的真实面孔
村子的面孔倒很清爽
小得像棵大葱

栗子藏在像刺猬似的壳子里
像星星般大
像孩子吹的肥皂泡般大
像吝啬鬼的口气般大
路上，迎面走来的人
面孔没有看清
别乱打招呼
浓霜冻住了早晨的太阳
冬天的真实面孔看清了

要了解麻雀
解剖麻雀
采购员，要知柴米贵

（二）

产品质量，企业之魂
质检员要知道，手持游标卡尺
牢记四个字——严格把关
像医生对征兵报名的青年体检
两只眼睛盯着身体的各项指标
像组织考公务员的人事干部
把关各类表格上的鉴定和评语

剪一块小小的阳光做标贴
贴在我们的每台产品上

羊毛出在羊身上

羊毛出在羊身上
拔一根，少一根
拔两根
少两根
拔了羊肚皮上的毛
种到羊背上
好看是好看了点
可羊毛的总数没变
拔了羊尾巴上的毛
种到羊头上
好看是好看了点
可羊毛的总数依旧没变

我们做生意
世界市场很大
要把老虎和狮子身上的毛拔来
种在羊身上
羊身上的毛就多了

和外商打交道

一年三百六十五天
外商几乎踩着每天的日历
走进你公司的大门
你伸出手，他也伸出手
他给你一个很标准的
没有半点马虎的微笑
你给他一个像你名牌产品似的
带有甜味的微笑和点头

餐桌上，你敬他酒
他敬你酒
你是主人
让他多吃一点
有家乡特色的菜
他的笑声
像吊灯闪亮地挂着
记忆不会生锈
他回国后成为
宣传你的家乡的流动广告
中国的月亮

和外国的月亮一样圆
供方和购方
之间有一个像铁轨般长的等号
鲜花插着的洽谈桌上
你像军人般
笔挺地坐着
地板一尘不染
集装箱重车驶过
路两旁的树
依旧全神贯注地读着天空

一棵树立在花坛里
另一棵树也立在花坛里

尊严

你用成吨的汗水
很智慧地使一块洼地
长出齐刷刷的机器的轰鸣
路人向你行注目礼
也有人撒了几把冰冷的闲言碎语

你发现打包的产品中有一枚螺丝
有点点锈斑
当即打开已封的上千箱产品
像寻找遗失的金戒指般寻找着
检查着每台产品的骄傲是否合格
扶正闪亮的荣誉

你携着春风
奔走在五大洲的窗口
你与摩天大楼干杯
你与夜巴黎干杯
你与金字塔干杯
酒杯里，你总是斟满
浅红色的笑声

生意场上
不卑不亢
或许多亢了三五十斤
你吃机械行业的饭几十年了
最懂得弹簧的脾性

当蓝眼睛扔出簇簇蔑视的目光
你用嘴巴吐出的刀子
几个回合就将他那紫色的威风
砍得七零八落
民族的尊严堂堂正正地立着
你的每根骨头里都
含着钢铁的成分

你的企业
犹如矮墙上
一年四季开着的灯笼花
红红火火
几十年红红火火

盗版领带

一位将退休的女员工
迈进你的办公室领取
生活困难补助金时
看你脱下半新半旧又满是褶皱的休闲服
换上笔挺的西装
对着镜子，拉了拉衣襟
即将去 2 号、5 号、6 号、8 号会议室
分别与美国、俄罗斯、法国
还有荷兰的客商
洽谈生意
女员工眼睛尖
差点大声叫出来
她看出你系着的红色细条子的领带
是盗版的
你笑了，笑得像孩子般
老老实实地交代
是妻子一次去河北某县城的地摊上
花了八元买回来的
她手上的钻石戒指
和常年拎着的自己身体一样的皮包

也是地地道道的盗版货

案上的塑料花
尽管引不来蜜蜂
但有时也会使生活增加一点亮色

以酒会友

洛斯曼来了
以酒作茶
以酒会友

你与老外杯对杯
一杯两杯三四杯
你背诵李白的诗
五杯六杯七八杯
你背诵郭小川的诗
杯对杯
不停杯
杯里的暮色深了

人飘动
杯子飘动
房子飘动
你用英语说 Cheers
洛斯曼用中文说干杯
酒是水，也是火
水火相容，天地契合

坐深了夜色
月亮瘦了好多
人飘动
杯子飘动
房子飘动
天空星星跳舞
醉倒在椅子上
目光对目光
微笑对微笑
用手背抹掉嘴边的酒沫
不需翻译
碰杯，一齐举向明月

一盆菜的故事

三十多年前的深秋的一天
你在杭州设宴
招待一位贵宾

女服务员端着盘子
捧着笑容来了

价值一千多元的一盆热菜
在她的手心里
比她一个月的薪水要昂贵

身子一晃
盘子不小心掉落在地
女服务员的脸
泪水淹没了酒窝

你忙说
没关系，同你的经理说一声，盘子
是我碰翻的

女服务员要下跪
你忙说
不能这样，不能这样
她向你鞠了一个九十度的躬

壁灯读着名家的字画
一幅幅都有大气度
都是大手笔

和要饭的婆婆一起吃炒面

北风中要饭的婆婆沿街乞讨
一个椭圆形的破碗
几枚硬币
躺在霜白色的冷漠里
拐杖赶不走围拢来的夜色

杭州奎元馆，百年老店
名气差不多和西湖般大
你和妻子扶着要饭的婆婆
走上台阶，走进门槛，走进春天
门口餐桌旁有个孩子
用蜡笔在白纸上画着圆圈

点来三碗炒面、三听饮料
三个人围坐在一张桌子旁
吃得有滋有味
彩色的糖纸裹着糖和笑声
你和妻子暖暖的话像条被子
盖住了她那令人心寒的往事

地砖上有条裂痕
几滴水渗了下去
要饭的婆婆那似刚拌过煤灰的手
抹不断浑浊的泪
你们夫妇劝她的话
如筷子般放在一边

窗帘垂着沉重的眼皮
端着盘子的服务员迈不开步
犹如一根柱子
餐厅里的食客们的筷子停在半空
大家读着一幅奇特的画

又捐款两百万

你向帮困基金又捐一百万
你向慈善总会又捐一百万

你在捐赠仪式上签字时
写到一半，签字笔不出水了
有人劝你扔掉这支笔
有人劝你换一支笔芯

你竖起笔
看了看透明的笔杆
里面还有小半寸的墨水
找了张废纸，用笔尖飞快地
在纸上画了几个圆圈
签字，写上年月日
接着套上笔套
把笔插进西装里边的口袋里

墙角的装饰柱很想走出来说几句话
吊灯的眼睛盯着它

慈善一日捐

你的一颗善心
像初夏的早稻分蘖
员工们的胸膛里种下的慈善苗
也和堤岸上的树一起长高
哼出的歌声
像飞过的鸟儿那青春的翅膀
老唐拉了拉两只袖子说
两天一包烟改作三天一包烟
一年省下的烟钱随着诺言
放进捐款箱
有点娇气的小方
准备买件上千元的连衣裙
漂亮一下夏天
却把买裙子的钱放进捐款箱
犹如长龙接长龙的队伍
一双双大手
将带有机油味的心意
放进捐款箱

同学会

笑谈引人注目，一大箩青春痘般的故事
气氛沸滚
老夫聊发少年狂，回锅的饭菜
加点油、盐、葱、韭、蒜、姜、糖，依然香气诱人
红酒没有淹没你的思路
高脚杯没有遮住你的目光
路灯的灯光被一些花木遮住，几处阴影

那些人站在阳春三月，放声歌唱
那几个站在萧瑟的秋风中，浅浅的笑声遮不住愁眉
你像熟悉自己的企业管理层各人的性格
像熟悉自己企业制造的机械电器的线路

二十来岁，岩缝中刚滴出的纯净的水
那个当年两条辫子摆动着带有山花味青春的小玉
如今三代人蜗居在一间老平屋里
小孙子想买玩具冲锋枪
隔三岔五
小手伸进她的口袋，摸来摸去，摸出的只是
几声瘦长的苦笑

掌纹。蛛网
那个老陶拉车，总是把头挂在胸前，没有抬头
看一看前面是霞光铺满的路
还是暮色拥堵的路？或是落叶跟西风的路？
拉回的总是半车的叹息

同学少年的友情，没有树枝、菜叶、稻草般腐烂
也没有像废纸般送进废品收购站
带有温暖的铃声响起，几个同学手捧着
你送的大红纸包
合唱《友谊地久天长》
老同学赞誉你的话语
不仅垒在桌上，也垒进窗外树的年轮

考察贫民窟

（一）

在加尔各答
你谢绝了友人的邀请
不去夜总会，不去咖啡馆
却约昏暗的路灯去考察贫民窟

穷人住的是一间一间的破棚屋
棚顶用油布、铁皮、石棉板
拼拼凑凑，绳拉棒拄地包着
几块包装木板围起矮矮的墙
和简陋的日子
一家男女老少像挤在油罐里
里面黑乎乎的，除了几双发亮的眼睛
一个光屁股的孩子跑出来，站在门口

（二）

印度富豪入住二十亿美元的别墅
家佣六百多人的新闻

高耸在昨天的媒体上
如果女儿的婚礼省俭一点
就可以在几万平方米的阳光中
建造一所医院
使上千位病人和带病的岁月
减少好多痛苦

你回宾馆，不再打的士
坐在公交车上
两眼望着窗外的霓虹灯
到站了，竟忘记下车

（三）

你拐了几个弯
找到一条老街
两旁的屋檐下
睡满了露宿的人
一个个的头发像鸡觅食时
用鸡爪刨过的乱蓬蓬的枯草

脸总有十天半月没有洗过
一双双沾满泥浆的脚露在外面
深秋，风带有寒意
他们用一条破棉毯裹紧身子
却裹不紧七个孔八个缺的命运

无题

他是企业家，他也是作家
他身体里长着的音乐苗子
像腊月的豌豆苗
被董事长的担子压得歪歪斜斜
空闲时，喜欢听夜雨轻打芭蕉的声音
喜欢听二胡独奏
《二泉映月》《良宵》《空山鸟语》
他听得眯起眼睛
像看着孙子在远处走来的身影
也喜欢听京胡
听得夜深沉，如痴如醉
他的头如喝茅台、喝东门老酒时的酒瓶
晃东晃西
更喜欢听京胡、二胡、三弦、琵琶
和锣、鼓、钹的合奏
这是春天的开场乐
这是春小伙走来的脚步声
听了一曲，还想听第二曲、第三曲
在欧洲，他多次听交响乐
听柴可夫斯基，听德彪西

听贝多芬的《命运交响曲》
抬头时，月儿瘦了几圈

储吉旺文学奖

跑在前面的马
你送上一把青草
抡圆锄头深挖井的人
你送给他一个谷粒大的泉眼
风雪冬夜脑海里还浮动着父亲的身影
一脚高一脚低地行走在乡野小路上的人
你送给他从心口掏出的一簇火苗
扛着世界
喊醒泥土里的种子的人
你向他致以敬意

你走上颁奖台颁奖的姿势
资深的媒体记者说
这是个给文学创作鼓劲的好标题

吃得实在简单

早餐：一小块咸冬瓜
或半碟咸菜，或两只咸蛏
一碗泡饭或一碗麦面
三分钟就结束战斗
还是当兵人的速度

中午（没有客人时）：
两三盘农家菜，加碗汤
和妻子挨肩坐着
唠上几句有关企业运营思路的话
就打扫战场

晚餐（没有客人时）
还是简单
快半年了
不吃鱼，不吃肉
厂医出身的夫人
看见你的身上亮起缺乏营养的红灯
你的筷子才去夹一点荤腥

你吃得实在简单
简单得像饭后用半杯水嗽一嗽口
简单得像手掌大的硬纸板
顺手拿来当扇子

你吃得实在简单
像笔划简单的汉字
躺下是个一
站起是个人

小聚

他走过八十多个国家
每次回来总邀文友们相聚
一盘盘的菜肴端上桌子
荤素搭配，五味杂陈
像是岁月的一条条注释
像是报纸上的一篇篇专栏文章
他抓来一把五大洲商家的
趣事作干果
分放在各人面前
酒杯碰得叮当响

有时，往事像窗外的落叶
忽而被风吹拢
忽而被风吹开
树林里的云朵飘来飘去
阳光在疤痕上长出新的枝条

餐桌上盘子叠着碟子
旧闻叠着新闻
新闻叠着旧闻

像鱼刺和鱼肉
像蟹黄和蟹壳混杂在一起
席散了
大家都走出酒杯
夜色勾画出大山的轮廓
模糊了一段历史

不谈冬天

记者走了
办公室的烟缸里盛着半天的时光

冬天的阳光晒不干衣服
晒不暖被子
晒不暖老人的牢骚
冬天的雨雪
会压垮许多茅棚与老房子
压断许多人的双眉
像不久前南方遭受的那场雪灾
冬天是个大坑，你不谈冬天

资深的记者一再调换角度追问
你也不谈冬天
就像你从来不抽烟，也不打麻将
冬天是个大坑，你不谈冬天
冬天实打实的是个大坑
好多人掉了下去就爬不上来了
就算爬上来了
身上不是这里受伤就是那里受伤

（内伤浓缩了又浓缩，藏在肚子的一角）
无论如何跟不上人家的脚步
如有矮小的希望
也是像误了农时种下的萝卜
老北风一吹
如纳鞋底的针般大小

冬天是个大坑，你不谈冬天
就像你从来不抽烟，也不打麻将
看不出你这副小身架子
曾掉进过冬天的大坑
爬起来，沿着陡峭的日子攀爬
——去大溪滩割大茅自制红烛兜销
——去乡下给上了年纪的人拍照
——去南门外拉车，去桃源桥摆地摊
几个行当搅成一盆糨糊
也糊不住生活中的大洞、小洞
冬天是个大坑，你不谈冬天
就像你从来不抽烟，也不打麻将
生活教训着你

一天天，一年年，不声不响
你沿着陡峭的日子攀爬

一天，你在陡峭的日子上攀爬时
突然看到春天抿着嘴巴向你走来
冬天是个大坑，你不谈冬天
就像你从来不抽烟，也不打麻将
你依旧沿着陡峭的日子攀爬

攀爬到人们抬头望着你的身影时
春天就不愿离开你了

较劲

一条中国的河
一条美国的河
两条河汇流在一起
流过白云
流过田野
流过高低、大小的寂静

岩石挡路
河道变窄
水也秋天了
秋天了的河道
很像合资企业的大个子董事长——
美商柯尔先生的思路
你多次建议修改衰老了的章程
凿宽河道，开拓新的水源
他总是不吭声
眼睛犹如雨中青蛙的眼睛
滑稽地时开时闭

宾馆的会议室里

你把透明的话语
像水果般放在桌子上
杯子里的龙井茶
透着一股清香
坐在对面的柯尔像根柱子
支撑着他那坚硬的固执

火上烧烤七月
柯尔日光浴练就的身体
棒得能将夏天
当作有点凉意的十月
他说谈判就要走出
轻音乐似的空调房
还说池塘里游泳比赛有什么意思
大海里劈波斩浪才过瘾
大个子柯尔挑战的口气和直直向你逼来的目光
犹如一张战书递到你的手里
轿车不坐硬要去挤公交车
白米饭不吃偏要吃麸糠
小个子的你

一下子觉得自己高高大大

小时候，你肩背烈日
放牛、打豆、锄草、割稻、砍柴
累了，在树荫下
和孤零零的风一起
只坐剥一把黄豆荚的时间
又起身按照父亲的叮嘱去干活儿
汗水流走了一个又一个炎热的夏天
当兵时，怀揣滚烫的七月
在山沟的霞光和暮色里摸爬滚打
你像只野兔子
还是野兔子也像你？

翻译扛着你们嘻嘻哈哈的
大块的笑声和争论声
大步走上宾馆的露天阳台
你们把毒辣辣的日头
像放饮料罐般放在一边
阳台上花木发蔫垂下枝叶

隔一条马路的屋顶上的微公园
知了在找风
没有风的行踪
两个对手却越来越有精神
硝烟弥漫

大个子柯尔身体向后倾
双手支着后脑
点起一支雪茄
嘴里吐着烟圈和傲气
眼睛眨着尖锐的狡狯
你锋利的目光将对手的心思拿出来
放在手掌上
玩鹅卵石似的翻来翻去
看个清清楚楚

天空没有一丝云彩
像理发时刮过的脸
像小学生写完作文后
脑子抖尽了好词好句般清爽

烫人的阳光像成群结队的黄蜂飞来
一个小时过去了
两个小时过去了
时间是台压机
检验着两人的意志和体力

大个子柯尔光秃秃的头
渗着汗水
你穿着短袖
比划着的两条晒得通红的手臂
像伟人说过的两句名言
柯尔擦拭着汗珠缀满的眼镜
翻译用文件夹遮住自己的头

你提醒自己要挺住
绝不能将人格和国格
像喝空的饮料罐
滚到洋人的脚边
你仿佛坐在岸边
看着水波中挺着的芦苇

柯尔光秃秃的头
像一个个泉眼
不停地冒出带油的汗水
大个子柯尔的脸上
钢筋水泥般牢固的傲气
开始松动

柯尔说出的话语
像没有关好的自来水水龙头滴出的水
滴滴答答的，却表达不清自己的思想
走廊落地门后的服务员
想笑又不敢笑
你给柯尔递过去一条毛巾
一阵凉风拐来拐去
一条鱼咚地跳出水面
死气沉沉的人工池塘长出生气

大个子柯尔的头靠在椅子上
靠着炎热的正午
用目光与手势向你这个小个子表示赞同

采购大捆新思路
修订合资企业衰老了的章程
凿宽河道……

一条中国的河
一条美国的河
两条河汇流在一起
流过辽阔的春夏秋冬

流过了多少太阳
淹没了多少星球
河道还会堵塞
还要拓宽
家乡的风重复着一句话

注：外商柯尔系化名。

办企业的秘诀

屋子常常挤满
省内外的企业家
也挤满了鹅卵石般的方言
我办企业有什么秘诀呢？
没有什么秘诀
像竹簟上晒着萝卜干、番薯丝、笋干
一定要我说几句
那就说几句

董事长不懂模具的设计，没有关系
董事长不懂产品总装的流程
需要经过几个长亭更短亭，没有关系
董事长不懂商贸书报上
刚露脸儿的几个新名词，没有关系
董事长不懂舞池里旋转的
音乐，没有关系
会耕地、会插秧、会摆渡的人
他不一定会打造锄头和山歌似的镰刀
是跳高冠军，不一定是举重冠军

董事长要懂得员工的思想脉搏
和员工一起吃饭时
直来直去地聊聊天南地北
聊聊冷热苦甜
别像深水潭里的鱼
不知风狂雪飞
不知柳丝吐绿

星期天或节假日上街时
碰到员工，打个招呼
面孔不能像块大理石般
没有一点表情
如果员工带着孩子
就与他逗一逗，走时
像待自己的儿孙一样
头上摸一摸，送给他一个微笑
微笑是脚步
会在员工中走动

办企业的秘诀是

把人当作人

把员工的尊严像风铃般挂在屋檐

一个外来员工写给妈妈的信

十一点。夜班下班了
宁海的月亮跨过围墙上的金银花

妈，您睡了没有？
您还在缝补妹妹的衣服和书包？
妹妹也像我小时
把萤火虫放进葱管
让欢乐的眼睛点燃夏天？
让雪堆把冬天堆高？
我种的那棵苹果树
长得和屋檐一样高了吗？

妈，家乡有蓝天、有白云
有牧羊曲
但梦总像初七、初八的月亮
缺了一个角
离家那天的夜里
您帮我整理行装
几滴泪水洒在我的手上
我的泪水打湿了您的唠叨

妈，上班时
流水线闪亮的产品
像家乡门前的小河
流过我的目光
文艺晚会上
我唱了首黄土落满的民歌
赢得了掌声
像晒在家乡小学操场上的
金灿灿的玉米

妈，记得您上次来信
问起我们的伙食
我们的厨师很会动脑筋
他们把五湖四海的口味
放在一天的菜单里

妈，我们的企业像条船
上上下下的员工一起划桨
划在同行的号子声前面

夜半醒来
我有几次听到家乡的秦腔

妈，家里的老黄牛
还能不能拉动犁耙？
三婶家的三个孩子还没有跨进学校
仍然牧着羊群、牧着贫困？
月底走进银行的门口
我哼的歌声
您听到了没有？妈
前几天寄给您的钱
和一串问候有没有收到？
员工大鹰的孩子患了重病
泪水洗着一家人的生活
老总和夫人扶着他们
走过了险峻的山路

妈，下雨时，家里的泥墙还渗不渗水？
我担心爸的老毛病——慢性支气管炎
能咳断朔风

妈，早点睡吧
明天您又要踏着鸟声
到小米地里锄草

妈，我在宁海很平安
这里柳丝依依，红花簇簇
有春天
我给您寄去一百个吉祥如意
不知快递的信封能否装下

读书（一）

你很喜欢读思想随笔
有些喜欢的文章
不是读三四遍、五六遍的事儿
也不是品味立意、品味结构的事儿
而是将字、词、句泡进茶杯里
甚至放进镬里焯或炒
或者放进电锅里烧
高压锅里炖、蒸笼里蒸
油锅里煎或炸
有时还放在火上烤
你是美食家
有时还嫌不够味
找来瓦罐用文火熬
熬时加上一段音乐当佐料
品味时，拍案叫绝，击节而叹
有时还大呼小叫，呼朋唤友一起品味
像品味陈年的茅台
咂咂字、词、句的滋味
有的文章
你一目十行

甚至只瞄了一眼
当作没烧熟的玉米棒
放在一边

读书（二）

尽管台灯的灯光推开夜色
便笺般的夜色仍在身边绕着
以亲近的距离看着你，以尊重的距离看着你

夜半，你和李白走在有虎啸拦路的蜀道上
摸摸头顶没有尺把高的天空
倒挂的枯松烂树横挡去路

帐篷上积雪的厚度不比北风薄
铲子古板地忙了一次又一次
你身上的衣服没有被梨花打湿
帐篷里暖得像阳春三月

你看见岑参和武判官喝了好多酒
却没醉卧在酒杯里
他们的胡子和身上的狐裘沾着几片天山雪花
过了好久
他们才惊喜地发现了站在旁边的你

娱乐场所的灯光亮了像夏日海滩上躺着的贝壳吹着

海风般悠闲的周末
娱乐场所的歌舞醉了笑容的周末
参加诗会归来的李商隐趁着酒兴与你聊到月牙
离西窗的柳树梢头
不到半根竹竿子高
福楼拜、大仲马、普希金、莎士比亚结伴而来
你给他们煮上咖啡
还娴熟地加了小包白砂糖

写给现代派文学鼻祖

多年前，我不认识的鸢尾花
带我来拜谒你的故居
问过不少市民
杭州的小核桃在他们口里打旋吗？
一个个都没讲清楚
遗憾像块烤牛排横在喉咙

今天，我又来了
窄窄的石子路
古老的煤气灯
我在布拉格小巷里碰到你
你乱蓬蓬的头发几个月没理
像小学生的没经老师修改的作文
咖啡色的风衣前襟
尽是酒渍和烟灰
还有七八个被香烟烧的大小洞洞
几片落叶伴你边走边咳

我说我口袋里的钱
或许比你多些

但我不会像你将金钱草木灰似的撒去
痴痴地守着十平方米凌乱的清静
你写的《变形记》《城堡》《审判》……
世界文坛像鸟儿飞离后的枝头至今还在震动

我是企业家
业余的业余涂写几行文字
文学大山中的一棵小草
顶着针尖大的一颗虔诚、晶亮的露珠
今天，我又一次来拜谒你的故居
在布拉格的小巷里碰到你
身旁的盆景活泼了小脸蛋
也活泼了小胳膊

我不会像你将金钱草木灰似的
大把大把地撒去
不过，该赞助的地方
我不会吝啬
我要帮忙修补一些人的黯淡的目光
暮鼓晨钟穿越唐风宋雨艰难地走在山间

应该扶它一把
仪表吗？
接待客人时，我也会注意
一条领带总是系着一角朝霞和一段春风

谒安徒生故居

二十多年前拜谒过安徒生的故居
时间长了，故居的模样渐渐模糊
但是，雪花飞舞的大年夜
赤着脚，卖火柴的小女孩
哆哆嗦嗦地常在我的眼前走来走去
人们围炉聊着一个冷字
懒得去扶一下
走过来的三百六十五天中的几个横斜的日子

我的孙子、孙女、外孙女
抱着温馨的夜晚、喝着牛奶长大
到了上学的年龄
我都让他们
读一读《卖火柴的女孩》
在他们小小的心田
撒上一颗善的种子
同她交朋友
和她加个微信

读《荒原》

那些枫叶飞落阳台的日子
汽车在密西西比河的浪花上飞驰
到了密苏里州
和嘈杂的声音一起穿过圣路易斯的拱门
我想去怪才艾略特的故居拜访他
说不定他从天国回来了
当面请教《荒原》该怎么读
有个大胡子兄弟告诉我
他和他的几个粉丝去乡下的一个农场喝酒了

暇时，我喜欢读点唐诗，也喜欢读点宋词
有时也读点新诗
艾略特的《荒原》
他把神话、宗教、典故、寓言、民间故事、羽毛笔
和现代都市生活的一个一个片段
装进一个大炉子里炼丹
他把口语、书面语、古语、外国语、土语和海鸥啼声、唾沫、人品
搅拌在一起
酿制一缸酒

他把想象、联想、通感、张力、象征、隐喻、暗示
揉在一团面粉里
放在一个蒸笼中
他把鸡肉、鸭肉、肉骨头、风扇肋骨、黄鱼
人参、灵芝、芋艿、山药、辣椒
誓言、歌谣、齿轮、银子茶壶、镍币、老式挂钟、星粒
和一个半世界
倒在同口锅里烧煮
西瓜藤、南瓜藤、冬瓜藤、丝瓜藤、瓠瓜藤、苦瓜藤、扁豆藤
缠绕在一起

我读了三个晚上的《荒原》
脑子里还是一片荒原
没长出一星半点的绿色
偶尔听到鸟儿飞过时灰暗的叫声
《荒原》是一颗涩味的青梅
《荒原》是一座没有门的宫殿

一天餐桌上，有位朋友手高举酒杯和新月说
《荒原》很简单

简单得像西方的文明
像打铁铺的大铁钳钳着一只奄奄一息的老鼠
在人们面前走过
哦！我站起来点点头
差点和他手举着的酒杯碰出粒粒火星

读一部理论著作

（一）

台灯不是从地摊买来的
光线不能算粗糙
我啃一口，涩得牙麻
又啃一口，涩得目光有点疼
再啃一口，搁在一边
我拿起，又啃一口
嗯，有几丝甜
再啃一口，慢慢咀嚼
嗯嗯，很甜，很甜
像甘蔗的下半根般甜

我桌子上摊着的理论著作
是一棵长满了优质梨子的梨树
摘下一篮
分给周围的人

（二）

我和老态龙钟的悬崖面对面站着

爬上一步，滑下
滑下，又爬上一步
滑下，又爬上两步
汗水，洒在缠着我的雾气的腰带上
洒进自己制作的彩虹
脸上、手上，被岩石划出的血
滴在岩石上开出了小红花
滴进早年写的
藏在身体里的自嘲的诗行

我也曾羡慕过坐在大松树下
闲敲棋子的人。最后
想法瘦成了一根秋风中的茅草

登上峰顶
看见茫茫的大海涌来白浪
涌来一个个铜锣般大的
年轻的、火红的太阳

想着一个过渡段没有写好

午夜，又写了一个章节
他躺进被窝
睁着眼睛
想着一个过渡段没有写好
像产品中一枚不合格的销子
连不起两个部件

世界睡着了
夜静得只有自己心跳的声音
他披衣起来
在房间里踱来踱去
脚步声
像冲床冲出的一个个零件
也像捆绑货物的一节节链条

偶尔听到远方
汽车辗过夜的声音
他想着一个过渡段
没有写好
世界睡着了

世界就睡在窗外的树杈上
他在房间里踱来踱去
又想到当兵的年月
过渡段就像一座浮桥
天亮前必须架好

特色菜

《我与外商打交道》
是你一九九四年写的
与春天一起诞生
桃花开了，梨花开了，柚子花开了
李子花开了
杜鹃花开了，油菜花开了
十七家报刊先后转载这本书

买不到你写的书
外贸公司的老总
像发年货似的
将一沓沓复印的剪报
发到员工手里

人李爱读你写的书
白天忙着在铜钱眼儿里走进走出
夜晚却躲在你的书里
儿子喊不出来
老婆喊不出来
电视剧喊不出来

几个小时不出来
屁股像被凳子粘住
果子收获了一箩又一箩

大门旁的小饭店生意好
只因有两三个特色菜

目光翻了几个筋斗
摊开肥大的手
向你讨要你的书法
你制造工业车辆
制造一批批集装箱满满当当整齐的祝福
制造一批批集装箱满满当当带着油漆香味的友情

儒商

法国商人贝里尔斯
坐在你的面前
你知道他在巴黎汉语学院读过书
你和他像文化人那样聊文化
风很懂规矩地回避了，站在门外

他听你聊巴黎圣母院
聊卢浮宫博物馆
聊塞纳河畔的埃菲尔铁塔
聊巴黎公社、聊法国凯旋门
风很懂规矩地回避了，站在门外

他听你聊大仲马、司汤达、雨果
聊巴尔扎克、福楼拜
聊波德莱尔、瓦雷里
风很懂规矩地回避了，站在门外

他听你聊戛纳电影节
聊波尔多红葡萄酒
聊法国的时装

聊法国的化妆品
聊吉卜赛女郎优美的舞蹈
风很懂规矩地回避了，站在门外

你听他聊唐宗宋祖
聊一代天骄成吉思汗
聊长城、故宫
聊《红楼梦》《西游记》
聊《三国演义》《水浒》《儒林外史》
风很懂规矩地回避了，站在门外

你听他
聊井冈山、延安、北京
聊深圳特区
聊上海世博会
聊中国书法与陶瓷文化
风很懂规矩地回避了，站在门外

他手捧着你写的书
听你聊中国梦和企业梦

中法共同的梦
风很懂规矩地回避了，站在门外

你没有直奔主题
他却不断地透出带有焦味的主题
你不显山，不露水
将自己的底牌放在身体里的某个角落
智慧地收到了洁白的
像白鹭似的飞过来的大订单
风含笑地走了进来，坐在你们中间
窗口飞出阵阵笑声
像阳台上大大小小的盆景

柱子论

2007 年 1 月 10 日，储吉旺应全国政协邀请在北京举行的“第二届中国大学生公益论坛”上发言。有位学生向他提问：“你自己当公司董事长，让老婆当公司总经理，这在上规模的企业中不常见。能谈谈这样做的理由吗？”

我与老婆是一把伞
我是伞骨
她是伞面
伞面没了
这把伞就不能挡风遮雨

我与老婆是一个电水壶
我是底座
她是水壶的壳子
水壶的壳子没了
这个电水壶就不能烧水了

车间里有几台车床
换了零部件
转动起来

总有吱吱嘎嘎的杂音

一个家庭好像一只三脚架
我是三脚架的一根竹竿
老婆是三脚架的一根竹竿
子女是三脚架的一根竹竿
离开了老婆
三脚架就撑不住了

几十年的夫妻
好比左右腿
一前一后，向前走着
合拍、和谐
假使换了一条腿
好端端的人成了跛脚的人

我与老婆好比是一幢房子
我是栋梁
她是柱子
没有柱子

房子就会倒塌
如果柱子旁再加个小柱子
房子离倾斜就不会很远

我的朋友——泥水匠陈师傅说
墙壁脱落了一大块
无论多高明的师傅来修补
总与原来的墙壁不一样

掌声将他抬了起来
将他的四四方方闪着点点光亮的
“柱子论”抬了起来

浙江诗人“如意行”

嵇亦工、张德强、荣荣、江一郎来了
董培伦、梁晓明、泉子来了
池凌云、胡澄、杨方、钱利娜、林海蓓、储慧……
来了，都来了
2010 年初冬，和一群阳光结伴
他们走进车间，和员工聊天
他们看着流水线，仿佛看着桃花汛
他们翻阅资料，翻阅风雨
厨师剔去骨头，剁肉，加上
葱段、姜末、味精和细盐做包子
宁海县有史以来，为公益事业捐款的人中
储吉旺第一
全球搬运车业制造商几百家
为中国公益事业捐款
储吉旺第一

有一个诗人笑了，眼睛笑成一条缝
他说他写的诗歌《如意行》
不是白开水，因为加了块冰糖
刚出笼的包子，让大家先品尝

生活模式

为了摸准企业的脉搏
你一直住在职工宿舍
从企业到办公室
恐怕有几千米
早晨，你到车间转转
和工人一起掸掉飘进车间的星光
辨一辨机床歌声的颜色
有时，走得很快
和晨风一起直奔办公室
追赶时间的背影
或者说，把时间扔在后面
头顶的鸟儿衔着半条小溪飞过
你不看一眼
手机的一次次铃声
像一抔抔撒在路上的冰屑或煤渣
也没影响你的速度
你用一把霞光涂抹一天的日历

你的生活模式
半年、一年如此

五年、八年如此
十几年、三十几年亦如此
你用一把把霞光涂抹一天天的日历
追赶时间的背影
或者说，把时间扔在后面

八上北大讲台

中国的企业家多得像后门山的树木
九年来，登上北大经济讲台的只有你
俗话说，好曲没有三遍好唱
你却唱了八遍，还是有人听
俗话说，好菜没有三天好吃
你却能让人连吃八天仍旧喜欢吃
阶梯大教室里像医院手术室般寂静
穿大红格子时装的女学生
笔套掉在地上
老教授的助听器掉在地上
大家和话筒都听见了
你把土罐样的俗规打得粉碎
接着用手当斧，将网红的一句话
劈成七八片
你鲜活的幽默和橙红的风趣的生意经
引来阵雨打钢棚般的掌声
同学们看到自己体内的月亮
挂到了应有的高度
不再像一枝黄花摇曳着秋风
多彩的歌声飘动落地窗帘的周末

籍贯上长满红高粱的那位系主任
拨开弯弯的夜色，向你吹风
2024年春，邀你九上

他们沿着媒体的光亮涌来

（一）

成群结队的人
沿着媒体的光亮
涌到你面前

有两个穿花格子 T 恤衫的中学生
好不容易从后面
沿着时间的缝隙挤向前
掏出小本子
要你为他们写上一句
带有青春气息的话

站在旁边的那个胖胖的女同学
急忙拉起
雪白衬衫的一角
要你为她写上
像早晨八九点钟的太阳般的一句话

还是穿橘红色球衫的大个子聪明

左手在衣服上擦了擦
越过别人的头顶伸过来
要你在上边写一个
火花四迸的字

总是有成群结队的人
沿着媒体的光亮
涌到你面前
请你为他们讲几句
如何靠近春天的话
如何让春天很快长大的话
如何永远生活在春天的秘诀

（二）

有人夸我辉煌了一把
我说，朝阳把我的影子拉得很长
夕阳把我的影子拉得很长
夸张。夸张
正午十二时的太阳照着我

我的脑子清清爽爽，这才是真正的我——
大地上的一个普通的圆点

名字

身体里流着一条钱塘江
你的名字
有如脚板宽的山路碰鼻子般陡峭的感觉
有如家门前八车道般宽阔的感觉
你的名字
有如从火堆里拨出来的烫山芋般的感觉
有如老奶奶喊你乳名般柔软的感觉

你的名字
是春天的一部分
你的名字
曾经是冬天的一部分
村口的几棵树忙着开花

我这个脑袋笨得
如院子里被遗忘的角落里的老树桩
但也悟出了一点东西
不是每个名字里都
春天里面有冬天
冬天里面有春天

有的名字里
任你翻几个筋斗
冬天里面永远是冬天
有的名字里
春天里面永远是春天

一个闷热的夏夜

月儿哟，你比村子里佝偻着背的
九十多岁的老爷爷老多了
依旧给大家送着银色的光
给人们送来比夜还长几里的梦
山边的那颗星星被风吹得明亮

一个闷热的夏夜
他邀十几位燃烧青春的一线员工
坐在花坛聊天
边吃着水果，边喝着矿泉水
没有像文人那般煮诗、煮酒、煮月色
主题是机器换人，腾笼换鸟
把油腻腻的工作服扔进黄昏
挂上涂着阳光的领带
穿上笔挺的西装
和晨风一起上班
聊天中的话题像打油诗般自由拐弯
像万向轮般灵活转动
正正反反的意见
他听得犹如吃了一片片西瓜

很老的月亮依旧给人们送来
比夜还长几里的梦
我们要把事情办得像十五的月亮般圆

月儿哟，如何让他长长的梦
与厂区的大道组合成诗行？
然后，让他在诗行中
成为一个温暖的词组

小草始终举着春天

站在大山被劈后的前面

七坑八洼劳累的黄泥路
陪你走向村西
你久久地站在大山被劈后的前面
目光从上到下地移动
枝盛叶茂的树冠
树干
树根
黑土层
黄泥层
沙子层
岩石层
捡矿泉水瓶的老人
忙前忙后
汗水湿透了分不出颜色的衬衫

鸟鸣醉了天空的羊群
泥土遮了
各种颜色的层面

干涸的渠底牛蹄坑坑里

游着小鱼、小虾

你久久地站在大山被劈后的前面

这座山上的古寺该修了

几根柱子斜撑着大雄宝殿
斜撑着风雨
这座山寺有些年代了
恐怕建于唐朝或宋朝
或许还要早的朝代
菩萨年纪大了
但一直很忙，也不讲条件
过年、过节
还在加班加点地工作
也不休息
有时肚子实在饿了
也吃点供果
它认真地对待一个个祈福的山民
这座山上的古寺该修了
四爷说，你没有钱，我也没有钱
是不是派两个代表跟随清风一道
去找一下储吉旺老总？

宁海石窟千佛寺

读过考古专业和佛教学院的
宁海石窟千佛寺
大方地坐在媒体上发言
信众合十的手掌
像稻浪涌向云彩
一位大旅行家揉了几下
有点僵硬的膝盖
跪拜像石匠的榔头打在钢钎上，他说
翻开石窟寺家谱
宁海石窟千佛寺是敦煌莫高窟
大同云冈石窟、洛阳龙门石窟的弟弟
大海没有进过音乐学院
却用动词唱着闪亮的赞歌

注：储吉旺用十三年的时间打造了宁海石窟千佛寺。

与二嫂聊当兵

大窑里烧制出来的
泥坛子、泥罐子里
盛着我们生活的微笑
泥水缸、泥茶壶里的水
连着我们血管里的血
还有造房子的砖
盖房子的瓦
都是从大窑里出来的

泥坛子、泥罐子
泥水缸、泥茶壶、泥酒埕
砖、瓦
若没有进过大窑
风雨来时，只是一堆黄泥

二嫂子，新新去当兵
你这几天的笑声
总像桃花一样红满面颊

修改梦的直径

你对一位青年厂长说
创业像三岁孩子学走路
学走路时别想着跑
也有点像老奶奶煮粽子
不能用猛火烧煮
火烧猛了，粽子会开花的
吃热粥时，尽管肚子很饿
也得一口一口地吃
我的两个孙子，今年读一年级
明年读二年级

跌倒了，爬起来
修改憧憬
修改梦的直径
继续携风带雨地向前迈进
创业，好像走在山村的路上
胶鞋带子般盘来绕去
高高低低，碰得膝盖青一块紫一块
是常有的事
甚至有时

还和路一起摔倒
摔成路哨你
摔进岩壁里

阅历很深的潭水
轻声慢气地传递着感悟
像半堵泥墙边的山桃花般开放
也像山里孩子游泳时
将红汗衫挂在树梢

写给友人的信（一）

记住一条民谚
你的身子就会青春起来
把一堆灰色的日子
像季节交换时
晒衣服般一件一件地挂起来

你曾掉在烂泥地上的心
干吗成天拿在手里？
打一点井水洗一洗
如果，没有洗干净
不远的地方
清清的溪水正汩汩流淌

用结实一点的绳子
捆住乱丢乱撒的
不透明的日子
最好装进箱子里
高高地搁在大橱上

老北风走了

你割几缕鲜嫩的
带有金边的阳光
编织一条领带挂在脖子上
记住一条民谚
昂首走进春天

写给友人的信（二）

你不能一杯接一杯地喝闷酒
把时间都浸泡在酒杯里

昨天的你不是今天的你
你的目光曾被北风卷去
冬天始终围着你走动
心上长起皱纹
你总是闭着眼睛
几只鸡踩着背阴处的积雪

一朝被蛇咬
十年怕井绳
你的情绪像雪花
总和阴云搅拌在一起
脸部的表情
跟冬天贴得太近

岩石一层一层地剥落
你啊，要把肥胖的记忆
扔进溪水里

你睁开眼睛看一看
老树长着春天

你不能一杯接一杯地喝闷酒
把时间都浸泡在酒杯里

去，去把微笑
从田野上一朵一朵地捡拾回来
让少年的阳光
沿着你的脉搏
走回你的心里

沉思了几秒钟

几十个春秋
你的企业总是像红山茶
开在五大洲的窗口

一天中午，陪客人吃饭
多个城市的老友差不多同时
给你打来电话
还发来照片
前些时间
我们这里有家咖啡馆开业了
用了你的名字做咖啡馆的馆名
我们这里新开了一家茶馆
用了你的名字做茶馆的馆名
我们这里有家宾馆开业了
用了你的名字做宾馆的馆名
我们这里新开了一家超市
用了你的名字做超市的店名
你听了后与窗台上休息着的蜜蜂
沉思了几秒哈哈大笑
你说，祝他们的生意吉祥如意
像春天的花朵

圆与缺

办一件大事
不能求圆，总会有点缺
就像双手掬起清凌凌的水
多少总会漏掉几滴
就像每月的月亮
也只有十五才能圆

办一件大事
不能求圆，总会有点缺
你说，如果常懊恼、叹息
那懊恼和叹息
就会像春夏时池塘里的
浮萍一样疯长

常青树

再过一个多月
又要到元旦的驿站
几十年来
他每天工作十来个小时
有时，累得想用火柴梗
撑住不听话的眼皮
风累了，就在树上靠一靠
他累了，就在公司身上靠一靠
打个盹儿
把一个星期熟门熟路地挤成九天、十天
穿梭在生意场上
硝烟弥漫的生意场
一团乱麻似的路
蛛网般的路
忽而猫着腰四看，忽而匍匐前行
忽而飞一般冲出去
一些人跌进沟壑
跌进深潭
一度闪光的名字
在风雨中消失

明日黄花

棋盘上一个回合
又一个回合的战局
他总是潇洒的大赢家
灯红酒绿的场所
旋转的音乐舞厅
吆五喝六的麻将室
没有他的身影
（尽管有人说他是线装思想）
堤上溜达的野菊花
拐过弯来告诉我
多年来，他的企业雄赳赳、气昂昂
是走在世界工业车辆业的排头兵
他是一棵常青树

分担

八十二岁的人了
不去敲敲象棋圆圆的闲趣
不去甩几副扑克薄型的兴奋
也不去摸摸多味的麻将牌
时间还像自己生产的叉车的链条
现实主义一环扣住一环地使用
你不让企业的骄傲长出老年斑
身体里挂着世界地图做生意
依旧乘着吉祥的风一次又一次地走出国门
你胸前挂个老太阳，背脊挂个老太阳
在四十二摄氏度的杂草的寂静中行走
异国的蜻蜓有情有义地陪着你选择新厂址
你和年轻的销售员一起追逐变幻的星辰
将数据库、商机一览、询盘量的
数字管理和网络平台、线上交易等几个盘子
像健身球般在手掌中老成地旋转
你还说，销售要有个新字
产品要新字上加新
技术人员要往新字上开挖
挖时用李时珍传下来的药锄不行

用林黛玉的花锄也不行
种麦子、种蚕豆的板锄
和去年草图枯干了的思维放在一边
要用挖笋的山锄
挖，一锄一锄地挖，深挖下去
挖出可热闹五洲客商目光的宝贝
我们青春的搬运车搬运每一天
搬运着世界
你把藏在心底的文字掏出来
多次发给友人
莫问廉颇尚能饭否
“此生已尽，梵行已立
所作已作，不复更有”
八十二岁当作二十八岁
一天干两天的活儿
两年的活儿，一年干完
一年中就有两个春天先后走来
就有两个白雪映红年终，大红的喜悦
生命就延长了一年

梦像动车，始终奔向前路
你分担了儿子储江肩胛上的一点压力

新年，我们把路走宽

走过了虎年
你回想，虎年的路塞在行囊中
看一段，议一段，走一段
现在盘点一下
好像割青菜一样
要把带来的稻草、落叶、泥沙去掉
依旧可收获比广场大的阳光
和两个集装箱的星粒
牛年的高度还没到一米八六的小伙子的肩膀
虎，雄风八方

我们踮起脚看了看世界的东南西北
兔年的路
恐怕还要塞在行囊中
还得看一段，议一段，走一段
天外飞来的蝴蝶带路
借一朵山花吹响震山的进军号
你说，我们的身子不是散漫细小的牛尾草
不是芝麻秆儿
也不是络麻秆

我们是走在山路上的青青竹子
身体空空
没有乌七黑八的想法
不会被只有三脚猫功夫的藤蔓和乱石绊倒
跨过有人连喝了三大碗酒还跨不过的沟壑
风暴带着它性格急躁的兄弟——大雨来时
虫豸连忙扔掉牢骚躲进窝里
身边少壮的灌木眨眼变作老人气喘吁吁
大树被命运折断
我们却马上换成前倾的姿势
天上的群鸟抄袭我们
目标上缠绕着我们的目光
有时我们也找块稍平一点的地方
推开逼过来的岩石
坐下来大碗喝酒，大块吃肉，大声讲话
大家说，爬向山峰，爬向你的诗句的高度
站在山峰上
看到大海上航行的船的桅杆尖头就是真理
新年，要有新的奔头
我们把路走宽

兔健步千里

旧岁与新年
我们的脚不能卡在光阴交界的凹槽里
爆竹声中蓬勃告知有壮举
开春，去买纸鸢和孩子们一起
和野花一起放飞春天
嫁过来的桃花和踏春的风
异口同声地说，我们要继续青春
我们把路走宽

扶犁的耕者

有人说你很像山脚处
那个扶犁的耕者
从不抬头看一看热闹的山花
只是眯着眼看着田垄犁得直不直

几十年来
你的企业为什么
始终充满阳光?
秘密就是你把荣誉
看作人体多余的脂肪

你多次在大会、小会上说
荣誉是块茎植物
不是看它的花多花少
不是看它的花有多艳丽
而是收获时，以地下块茎的产量计算

搬运阳光

连续几天的老北风
总算推开了组织纪律很严的雾霾
登上山岗
我看到四周的阳光厚的厚，薄的薄
不少人在搬运一块一块的阳光
手提的，肩挑的，车拉的
将厚的地方搬到薄的地方
小个子储吉旺带着一队人马
是很用力的一个
他设立了慈善基金、医疗基金、教育基金
本土杜鹃，多季开花杜鹃，四季开花杜鹃
他的心脏
冲床般怦怦地跳动
他说，年轻人的双手
都握住接地气的愿望
就没有大的、小的、长的、短的、直的、弯的遗憾
但总有人圆鼓鼓地盼望……
他考虑输血与造血
像左右结构的简化汉字
去掉左面的半个字

还是原来的意思
他的心脏
冲床般怦怦地跳动
办公室主任小陈告诉我
储总在考虑分蘖阳光
三根大伯递香烟般递给我一句话
储总像菩萨一样不能老去

忆

如果，你不是部队大熔炉里
冶炼出来的一块钢
也许会像一双一次性筷子
也许会像一颗小石子
被踢进路边的草丛
也许会像一个塑料袋
挣扎在篱笆上
或者漂浮在水沟里
也许会像根火柴
只亮两秒
也许会像一只烟头被掐灭
连一缕青烟都冒不出来
也许会像路边的一块生锈的废铁
在风雨中一天天腐蚀成泥土

屋边橘树上的橘子掉下来
溅起了孩子们的笑声

一个冬日的午后
你手捧一杯清茶，坐在藤椅上

和盆景一起等着老战友的到来
阳光像小孙子似的偎在你身边
你咀嚼着回忆的多味豆

大文章

流水线上闪亮的零件是时间的词组

鸟枪换炮
买来几百亩土地
买来几百亩成熟的阳光
被人称为扫地僧的你和你的儿子
联合署名
写一篇挂在东方妙峰山头的云霞上的文章
一个个巴掌大的云块就是灵动的文字
走在登山步道上的人拉着风一起读
田间地头种菜、种萝卜、挖土豆的人在读
小鸟把读后感和多角度的解说词
告诉溪边洗衣服的姑嫂
和包里起伏着
大学毕业文凭与研究生毕业文凭的人
坐在小车里的人把有关数字装进身体
我转过头看到
俄罗斯靠在柏木水桶般大的白桦树上读
美国站在高楼平台上读

与一百三十多个国家和地区做着生意
我看到一百三十多种姿势在读

高矮论

你个子不高
恐怕不到一米七
人们看你却很高大
记得 2001 年，山茶花吐红时
你捐了一百万
转个身，梅花沸腾了冬日
你又捐了一百万
我的几位邻居，端着饭碗
站在路口，围着夕阳一起说
上个星期天，他们在老街看见你
蹬着吱嘎吱嘎的破自行车
车尾夹着两本书和一个叮嘱
储吉旺很高大，我们肃然起敬
他们还说，再多的财富
也垫不高一厘米
你的高大，是你的一颗善心
把你垫高

企业保健说

零部件都是拧在或焊在机器上

员工们知道你手机的虚拟号
手柄形的、齿轮形的
轴承形的、榔头形的、大轴形的
以及带毛刺的声音
你的耳朵都能听到
你看着窗外盘膝坐着的朝霞说
人，不能总是吃大鱼、大肉
不能总是吃精白大米、精白面粉
而要吃些青菜、萝卜、土豆
而要吃些番薯、芋艿、玉米、南瓜
企业的保健
和吃东西是一样的道理
我抬头看着天花板上
垂下的常青藤

应群主储吉旺之邀读书

应群主储吉旺之邀
今天还是在某山树林中读书
每个群友的头埋进字里行间很深
恐怕有尺余
我伸手抓来一把风
摊在手掌上细看
有秦汉的、有唐宋的、有明清的
（读时有群友直译成吃饭啊、穿衣啊、房子啊
也有意译成小桥啊、流水啊、人家啊）
有现代的、有当代的
还有外国的
还有被群友读亮的
像滚动在芋艿叶子上水珠般的鸟鸣
涧边的几棵树枝粗叶肥
小寺的菩萨没有架子
忙完了公事
趁有空时，走过来与我们聊了一阵
（身后一路有叫不出名字的小花簇拥）
岩缝那棵被雷劈了一半的老松树
依旧举着坚实的信仰

瘦弱的蜗牛背着大包书行走
我们向它投去敬意
只有小溪步子好快
头也不回地奔向几十里外的廊桥
奢侈一把诉说积聚的离愁
山脚钻井队在挖井

今天在树林里读书
每个群友的头埋进字里行间很深
恐怕有尺余
涧边的几棵树枝粗叶肥
眼睛疲劳
有人站起来又坐下时发出轻微的声音
忘了时间像头顶的山雀般飞过去
忘了肚子饿了
盆子里的椒盐大虾如钩
垂钓胃口
窗外木荷树上的鸟巢是只工艺酒杯
酒能助兴
打油诗打出的油香了餐厅

一瓣瓣山花飘进来
中餐丰盛，忙碌了嘴巴
储吉旺说，下次群读的时间和地点……
树林高兴地伸出双臂抱住群友
旋转了半个钟头

涧水大气地流着宁静
涧边的几棵树枝粗叶肥
我举起手机多角度拍了几张照片

后 记

生命在春夏秋冬中度过，因此我便把自己的几本诗集用四季命名了一遍。

不到二十岁便开始学诗写诗，诗歌创作在我的人生苦旅中结出了一些酸酸甜甜的果实。2018 年第三辑《诗探索》在头条《诗坛峰会》栏目刊发了《诗人潘志光》组诗三十首和四千字的创作随笔《跟上队伍》。我在 2022 年出版的诗集《陡峭的春天和秋天》中，收入了一部分诗和创作随笔。在几个文友的鼓励下，趁现在身体健康状况还可以便决定再出版一本诗集，并将“三十首诗”的一部分收入在这部新诗集中。同时，还把过去刊发在《诗刊》《诗探索》《文学港》《扬子江》《江南诗》《浙江诗人》《星河》《文学报》《河北作家报》《创作》《西湖》和纽约《一行》诗刊等报刊上的诗歌选取一部分，加上近年写的一些诗歌，一起装进这本新诗集的“箩筐”中。

该诗集分三辑，特别是第三辑儒商。储吉旺是全国优秀企业家、全国模范退役军人、中华慈善奖获得者。储吉旺确是个了不起的人物，赢得了人们的敬重，正如著名诗人荣荣所说：“储吉旺是人们眼里的活菩萨。”人老马瘦，凭我八十多岁人的薄薄诗艺要把储吉旺写好，难啊！现我将一二十年前写过他并发表过的诗，做些修改与新写的诗合在一起，算作我在他企业吃了二十四五年饭的一个交代。

诗人王夫刚说：“放眼当代诗坛，在扶持举荐青年诗人这个问题上，堪与林莽先生相提并论者少之又少。”(《三十位诗人的十年》)。林莽老师是一位著名的诗人、诗评家、画家，他不但扶持、举荐青年诗人，还扶持、举荐像我这样的老年诗歌创作者。一次林莽老师在乌镇参加一个会议时，还抽空去湖州看望了一位住在敬老院的诗人。

我的诗稿整理好后，想请林莽老师为我的诗集作序，但想着他也上了年纪，并且很忙，起初不敢打电话叨扰，终是羞惭之心没有敌过敬服之情。过了一段时间，他来姚江畔参加宁波文学节，想抽空来宁海和我谈谈我的生活和诗歌写作背景，可那时他需要借一辆车，还需要赶一个多小时的路才能到达我家。我闻讯忙赶了过去。林莽老师确实忙，之后才知道，2023年下半年他自己要出两三本书，还要在北京等地举办他的画展，《诗探索·新诗选》还有很多的事情需要他处理，且他自己也要搞创作和写诗评，等等。这么多事情缠身，他还从头至尾细细地读了一遍我的诗集——《辽阔板结的夏天》，并写了三千多字的序。

中国现代诗中淡远宁静方向的开拓者、中国现代诗自己的“斯奈德”和“默温”林莽老师说：“年龄大了，以后不再写这类文字了。但潘先生这个请求我是不能推辞的。”实在让我感到不好意思。在此，谨向林莽老师致以谢意。诗友张德强、青年诗人李全平对诗稿提出了许多宝贵意见，在此谨向两位致以谢意。

潘志光

2024年2月28日